王文杰◎著

高校危机

天津出版传媒集团

天津人民出版社

图书在版编目（CIP）数据

异闻录：高校危机 / 王文杰著. -- 天津：天津人民出版社，2017.12
ISBN 978-7-201-12440-7

Ⅰ.①异… Ⅱ.①王… Ⅲ.①推理小说 - 中国 - 当代 Ⅳ.①I247.5

中国版本图书馆 CIP 数据核字 (2017) 第 232101 号

异闻录：高校危机
YI WEN LU : GAO XIAO WEI JI
王文杰 著

出　　版　天津人民出版社
出 版 人　黄　沛
地　　址　天津市和平区西康路 35 号康岳大厦
邮政编码　300051
邮购电话　（022）2332469
网　　址　http://www.tjrmcbs.com
电子信箱　tjrmcbs@123.com

责任编辑　章　赪
封面设计　王　鑫

制版印刷　北京雁林吉兆印刷有限公司
经　　销　新华书店
开　　本　620 × 899 毫米　1/16
印　　张　15
字　　数　109 千字
版次印次　2017 年 12 月第 1 版　2017 年 12 月第 1 次印刷
定　　价　39.80 元

目　录

Contents

楔　子

九月，天气酷热，迎面吹来的风没有一丝凉意，空气中充斥的闷热令人烦躁不堪，此时节恰逢天涯大学的开学季。

傍晚时分，伴随着“轰隆”一声惊雷响，天涯大学“情侣”树林中出现了跌宕起伏的女生惊叫，从林子里、沙滩上蹿起无数身影，如丧家之犬般纷纷逃回天涯大学校区，一场大雨就这样毫无征兆地从天而降。

一道闪电划过天际，照亮了半边天，树林中闪现出两个身影，两个人在校园的树林里玩得正开心，却未曾想被一场大雨浇灭了兴致。

小情侣一路小跑躲进了女生寝室后楼的雨搭下。这地方十分隐蔽，是通往女生寝室的捷径，尽管这扇小门常年封锁，却被众多女生所青睐，因为这里无论多晚都可以翻墙出来，是和男朋友幽会的最佳场所。

女生瑟缩在男生的怀抱中，撒娇地说道：“好冷啊，不然我回去吧，咱们下次再约。”

两个人分别了整个假期，好不容易温存一下，却要被这一场无情的大雨阻隔。男生抬头望了一眼正下着瓢泼大雨的天，看上去这场雨似乎没有要停的意思，反而愈下愈大，心中不免有些郁闷。

他微微叹了一口气，一把揽过女生柔弱的肩头，十分不舍地回应道：“好，那我送你……”

女生感受到男生语气的微微不悦，也极其留恋地瞥了男生一眼。

只是那匆匆一瞥，女生的目光便再也没办法从树林里的两道红光上移开。在阴暗的树林里，雨气的迷蒙下，两束诡异的红光从树林里突然迸出，好似一团红外线激光，这种鬼天气，在能见度如此低的树林里，那究竟是什么？

骤然间，她的呼吸开始变急促，双眼突出，身体微微抽搐着，刚刚挎在男朋友胳膊上的手，猛然间抠进了他的肉里……

男生觉察到女生的反常，便也转身看了过去，他还没有来得及反应，已经被吓到双腿瘫软。

一个不知名的躯体披着湿答答的衣服，正速度缓慢地朝二人的方向移动过来。

一步、两步、三步……

对方每移动一下，小情侣的心便随之颤抖一下。两个人呆若木鸡地站在原地，一动不动。

男生试图张大嘴求救，却发现喉咙干涩到完全发不出声音。而那个看似诡异的躯体已经走到他的面前，徐徐伸出右手，用力扼住他的喉咙，让他几乎无法呼吸。

此时，他只能听到从自己喉咙里发出的“嗬嗬”声，他的呼吸越来越慢，心跳次数骤降，直至完全没有呼吸。

在这期间，女生也试图逃跑，可她的两只脚好像被强行按在地上，根本无法动弹。就在她抬头的瞬间，那个诡异的躯体转过身来，那双吓人的眼睛散发出火红色的光。瞬间一只巨大的手朝女生扑了过来，她感觉脸上火辣辣一片。

“异形人”咧开了嘴，看着女生，似笑非笑，她已然成为其口中的另一个“猎物”。女生浑身僵硬，目光与之对视，但却发不出任何声音。雨肆无忌惮地拍打在她的身上，冰冷冰冷的，这是死亡的前兆……

“异形人”用强有力的手把女生拎起来，顺着她的脸蜿蜒抚摩而下，如同在抚摩自己心爱的宝物，可这仅仅是一种错觉。女生再也忍受不住内心的惊恐，一声尖叫划破了宁静的大学校园。

“啊——救命——”

声音戛然而止。

雨停了，“异形人”在离开时挖空了这对男女胸腔内所有的器官……

第一章　离奇的案发现场

（1）

“文琪，你不要吓我啊！”夏天掀开被子，露出半个脑袋，问对面床上正在写小说的文琪，“这故事是你编造的，对不对？”

文琪神秘一笑，歪着头对害怕到发抖的夏天说：“你瞧，现在你的背后就有一双红色的眼睛，你的背上会留下鲜红的抓痕，然后……”

“哎呀，不要说了！吓死宝宝了！”夏天嘟着小嘴气鼓鼓地从被子里钻出来，掐着腰对文琪说，“小样儿，老娘要出去约会，才不要听你讲这些乱力怪神的故事呢！”

说着，夏天拿上包包，离开了寝室。

文琪看着夏天扭扭搭搭的背影，露出一个满意的笑容，然后手指继续在键盘上忙碌。

文琪不仅是天涯大学的一名学生，还是一个推理小说的作者。而现在的她正在伏案构思一部设计精巧的悬疑小说。

这本书的大纲三个月前就已经准备好了，开篇也有了，可现在却遇到了瓶颈。她需要点儿刺激的玩意儿，让稿子能够令人耳目一新。

文琪咬着嘴唇思忖了许久，却仍然毫无头绪，就像有一根鱼刺卡在喉咙，让她停滞不前。

文琪用力地甩了甩头，打算与同行交流一下经验，以便拓展开自己的思路。

她刚登录QQ，就蹦出一条新消息。

她打开窗口，发现是一个陌生人要加她为好友，“一土”这个名字在什么地方都觉得与人格格不入。

在添加好友的附加信息上写着一行——

“我一直在窥视你！”

这样的邀请很有悬疑范儿，至少和一般的陌生人不同，顿时让文琪提起三分精神。而这个陌生人的个人信息也很有趣，头像是全黑色的，这让原本好奇心很重的文琪毫不犹豫地通过了陌生人的申请。

文琪在一个相熟的QQ群和几个作者火热地聊了起来，聊着聊着，已经到了深夜。把一土这个人忘了个干干净净。

文琪伸了个懒腰，舒展一下有些疲惫的身体，然后长叹一口气。她看了一眼时间，已经十点多了，夏天还没有回来。就在她要继续写稿子的时候，QQ提示音响起，那个一土给她发了消息。

“累了，就喝杯咖啡。我一直在看着你！”

“嗡”的一声，文琪的脑袋炸开了。

此时，几个室友都已经睡着了，只能隐约听见室友们的呼吸声，在这种静得出奇的空间里，文琪突然觉得有一双眼睛在暗处窥视着她。

九月的夏天，即便开着窗子依然会感到闷热，寝室像一个大蒸笼围困着文琪，可一土的一句话，却让她全身感到冰冷无比。文琪微微动了动身子，她掀开窗帘向外看了一眼，寝室楼对面是一片漆黑，伸手不见五指，在这种能见度较低的环境里，怎么会有人在窥视她？

突然，一道强光透过寝室门的窗口投射进来。

文琪回头看去，好似一双妖魅的眼睛正在窥视着她，她被吓得惊叫一声：“啊——谁？”

“楼下有人找你！”是管理员罗丽红的声音，定睛一看，文琪发现，那道强光是她的手电晃了眼。

文琪惊魂未定，罗丽红已经关上门出去了，但她的声音在走廊再次响起：“文琪，楼下有人找你！你不出来，我让他走了！”

这个时间能找文琪的只有一个人——王志军，她的男朋友。

女生寝室楼漆黑的走廊里，连个人影儿都没有，静得让人害怕。文琪借着手机的微光，慢慢前行。

“噔、噔、噔……”只有高跟鞋的响声在过道里回荡。

她突然想起了一土的留言——

“我一直在窥视你！”

文琪不禁打了一个冷战，她瑟缩着膀子，加快了脚步。

刚出女生寝室楼，她就看见王志军独自一人傻乎乎地在楼下站着。

王志军看到文琪，有些怯弱地问道："文琪，你最近怎么了，我打你电话也不接？是不是有什么事儿啊？"

文琪没有回答，反而凑到王志军的身边，把关于"一土"的事和他说了一遍。说完，她还心有余悸，觉得这个人真实存在在自己的身边。

王志军听后思索了一番，出言安慰："可能有人知道你在写悬疑小说，搞恶作剧吧！有我在，别担心！"

文琪眉头紧蹙，看向王志军说："我看事情没那么简单！"

王志军笑着说："能出什么事儿啊？别瞎想！"

文琪看王志军一脸认真的模样，笑了笑。他们在一起两年多了，王志军是什么样的人，文琪最清楚，他犹如一座大山稳稳扎在自己的身边，从没动摇过。

可文琪心里又明白，这段爱情并不会长久。因为她的父亲一定会极力反对。

文琪的父亲最看重门当户对，甚至严厉告诫过她不要在学校里谈情说爱，这样不单会影响学业，更觉得校园的爱情不会开花结果。可在文琪的心中，她始终对父亲有一种深深的畏惧感。她认为父亲是对自己抱有很高的期望，不希望自己养的"天鹅"被学校里的"癞蛤蟆"给叼走。

但是面对这段爱情文琪却迟迟没有开口，也不知道怎么开口，怕一开口就伤了王志军。

王志军见文琪一副欲言又止的样子，问道："你又怎么了？"

文琪低下头，沉了一口气，绷着脸十分淡定地说道："志军，我们是时候结束了。"

王志军愣了一下，拉过文琪，轻声说道："文琪，别开玩笑了。"

"志军，这并不是玩笑！"文琪抬起头，表情极其认真，"我们不合适，你和我是两个世界的人！我要为我的理想和前途奋斗，不可能和你苦一辈子，所以，我们分手吧！分手后，我们还能做朋友……"

"啪！"一记响亮的耳光扇在了王志军自己脸上。

文琪说得并没错，他就一个穷小子，怎么配得上企业老总的千金呢！

文琪抓过王志军的手，心疼地说："你别这样，我们以后还是好朋友！"

王志军沉默了，他表情呆滞地盯着文琪的脸。从她细微的表情变化中他看得到，刚刚打在自己脸上的时候，文琪是多么心疼。她明明还爱着自己，为什么要说分手？

"以后我们还是好朋友……"王志军嘴里反复念叨着这句话，不明所以地看着她，希望文琪能够给他一个明朗的答案。可偏偏文琪就有说不出口的理由。他爱文琪，他从不会让文琪为难。

文琪握着王志军的手，无意间瞥见他食指上贴的创可贴，她焦急地问道："你的手怎么了？"

王志军的眼神闪躲着，随口回应："前天做实验被小白鼠咬的，没事儿……”

“你以后小心点儿，太晚了，回去吧！”文琪转身向女生寝室走去。

王志军目送文琪离去，突然间，他觉得完全看不透这个和他在一起两年的女生，究竟文琪的心中在想什么呢？难道，一段爱情就这样破灭？

文琪回到寝室，倒在床上，被刚才自己说的话碾碎，不禁簌簌流泪。

他们两年多的感情用一句话就摧毁了，想到这儿，文琪的心揪着疼痛起来。

哭累了，文琪终于进入了梦乡。

而笔记本电脑里，有一双眼睛正在暗暗窥视着她……

（2）

“呜哇——呜哇——呜哇——”

警笛贯穿了整个校园，撕裂了原本寂静的清晨，几辆警车一早便开入了天涯大学校区内。

同学们被警笛声吵醒，文琪翻了个身，继续睡去。

其实，她已经醒了，脑海依旧盘旋着昨晚和王志军分手的情形，只是还不想起床。

女生寝室楼的后墙下，拉起了警戒线，警察在勘查着什么。

“我叫周天，是天涯市公安局刑侦一队队长，你是什么时候发现被害者的？”一个年轻警察亮了自己的证件后开始盘问道。

“今……今天早晨……”清洁大妈一脸恐慌：“我打扫卫生时发现……”

“你认识这两个人吗？”周天问话的同时，眼睛的余光一直审视着被害人的躯体。

“这……这个……你还是去问女生寝室的管理员吧！”清洁大妈眼神躲躲闪闪，似乎有什么难言之隐。

周天让大妈先去休息，然后转过身仔细检查尸体：五条清晰的抓痕留在女孩的背部，胸腔内部的器官全部被强行挖空了，在女孩的脚边还遗留了一摊不知名的绿色液体，脖子上挂着的蓝色水晶吊坠十分扎眼，看上去像是很名贵的物件，怎么会出现在一个普通的大学生身上？

周天掏出随身携带的白色手套和透明小瓶子以及一个棉花球，戴上手套后，用棉花球沾了些绿色的液体，收集到瓶中，然后又将视线转移到另一名男性被害者上。

他发现男生双眼鼓起老大，嘴唇发紫，上排的牙齿镶嵌到下唇里，喉咙管上的掐痕和女孩身上的抓痕一样明显，身上的器官也同样被挖空了。他自言自语道：“这要多大的臂力，才能把一个人的脖子掐断？”

与其同车的另一名警察站在他背后，操着喑哑的调子，大声喊道：“周队，刚才郑局来电话，要我俩先回去一个。那个绿色液体我也先带回去做鉴证分析啦！”

周天皱了皱眉，他转头问同行的年轻警察：“亮子又迟到？

我看他这个法医是不想干了！”

年轻警察尴尬地回答道：“亮哥估计是睡过头了，一会儿应该能赶过来。”

周天摇了摇头，把方才提取的绿色液体递了过去，那名警察接过东西，驾车离去。

周天看着地上的两名被害人，疑问重重，但他马上调整好思绪。首先，要尽快确定被害人的身份。其次，就是等神秘绿色液体的化验结果。他想起清洁大妈的话，必须去找寝室管理员问个清楚。

清晨的校园格外寂静，他还没跨进女生寝室大门，就被女生寝室的管理员拦住了。

罗丽红拦下他，开口问道：“你是干什么的？”

他亮出自己的证件，徐徐说道：“你好，我叫周天，是天涯市公安局的刑侦一队队长，来调查今天早上贵校发生的一宗命案。麻烦请管理员配合工作，查一下昨晚是否有女学生夜不归宿？”

罗丽红上下打量着他，她有点儿惊讶，站在她面前这个不到三十岁的年轻男人，这么年轻就已经是队长了？可正是这个年轻男人就是屡破大案，在全省公安系统屡受表彰、屡获殊荣的刑侦标杆。因为他的年龄，常常令业外人士对他抱有怀疑，不敢相信，却也因为他的专业，使业内人士对他更加刮目相看。

罗丽红笑了笑，忙说道：“我就是这栋寝室楼的管理员，我去查看一下出入登记表，上面有详细记录！”

罗丽红随即领着周天往寝室楼里走去。

所有寝室的门都被漆成绿色，配合上猩红色的地砖，让人心情感到压抑。

罗丽红把周天带到管理员宿舍，透明的玻璃窗下摆着一张桌子，桌上有个绿皮本子。

罗丽红拿起本子，翻了翻，道：“有一个没回来住。”

周天眼里闪过一丝狡黠，一个？他连忙说道：“带我去这个学生的寝室！”

罗丽红迟疑了一下，周天明显是用命令的语气，而不是在征求她的意见。

她仔细想了想，将本子放到桌上说：“好！”

罗丽红带领周天来到414寝室，敲了敲门，透过寝室门的窗口，她用手指了指那个空床位，说道：“喏，就是这寝室，昨晚就她一人没回来。”

时间还很早，罗丽红敲门的声音不大，但文琪还是听见了。作为一个推理小说的作者，文琪的听觉足够敏锐，此时的她已经起来了，正在写悬疑新作《异形人》。

文琪打开寝室门，看到门前站了一个大男人，不禁一皱眉头。

“夏天回来了吗？”罗丽红问道。

“没，她没回来。怎么了？出什么事儿了？”文琪一脸的疑惑，同时，她上下仔细打量了一下周天。

不等罗丽红再问，周天亮出了自己的警官证，并介绍自己道：“你好，我是天涯市公安局的刑侦一队队长周天，想和你了解一些情况。”

文琪的心猛然一紧，她第一个念头就想到了夏天的秘密，难道……难道她被抓了？

文琪回手随便抓起一件外套披在身上，以掩饰自己内心的恐慌，然后才回应周天：“我叫文琪，夏天怎么了？”

周天和罗丽红使了一个眼色，罗丽红很识趣地扭头走了，临走时还不忘对文琪说：“以后晚上早点儿休息，别总写什么鬼怪的小说，怪吓人的！”

文琪尴尬地看着周天，笑了笑，很不好意思地解释道：“我是个写推理小说的作者，经常熬夜，因此管理员对我颇有意见！”

周天察言观色和推理的能力可是局里公认最强的，因此，不用文琪自己说，他也足以看出罗丽红对文琪的不满。不过，这些都不是重点，重点是，周天已经察觉到文琪有些不妥。他没和文琪废话，马上直奔主题而去，追问道：“你知道夏天昨天晚上去哪儿了吗？”

周天表面上盯着文琪看，实则瞥见了文琪床铺上的笔记本电脑。

“她说和男朋友去约会，至于是真是假，我也不清楚。”文琪把周天请进了寝室，拉过一把椅子让他坐下说话。

周天打量了一下寝室的环境，说实在的，办案这么久，他还是第一次到女生寝室。

文琪见周天没再发问，就好奇地插了一句嘴：“夏天是不是出什么事儿了？”

“我们在女生寝室的后墙发现了两名被害者，一男一女。两名死者的身份并没有确认，不过我现在怀疑遇害的女生很可能是夏天！”周天一字一顿地说道，顺便盯着文琪的脸看，希望从她的脸上能找到些许的肯定。

文琪睁大双眼，惊呼道：“不会吧，这……这事儿……”

文琪没敢往下说，她总觉得这件事很蹊跷！

不经意间，周天扫了一眼文琪床铺上开着文档的笔记本电脑，那篇叫“异形人”的梗概，让他心生疑问。

这梗概似乎和犯案现场还有几分相似，这究竟是巧合，还是……

“你要不要去帮我们确认一下尸体？”周天很大胆地向文琪提出了邀请。

文琪是一名推理小说的作者，她还从来没有去过案发现场，这对她来说绝对有天大的意义！更何况，如果那个人真的是夏天，那么……她动了心思，起身答应了周天的邀请。

周天领着文琪出了寝室，往案发现场走去。

现场已经被警察层层封锁，周天老远就看见法医还在检查尸体，他大声喊道：“亮子，你小子来晚了啊！下次不准迟到，否则扣你工资！现在情况如何？”

谢天亮停下手头的工作，扭头一咧嘴，笑着说：“头儿，这玩意儿挺棘手，恐怕要回去接着弄！”

周天和文琪一步步靠近谢天亮，谢天亮转身准备给周天一个拥抱，周天下意识地把他推开，冷声说：“滚，我可不喜欢你身上那股臭味儿！”

谢天亮看了看文琪，死皮赖脸凑到周天旁边，小声笑着说：

“你挺不简单啊，队里那个还没完，刚来这儿又搭上一个，看着还挺水灵！”

谢天亮就是这么没有规矩，在刑侦队是出了名的“难搞”一派，不过周天对他的专业还是很赞赏，不然早都把他踢出去了。

周天瞪了他一眼，并没有搭腔，领着文琪来到尸体旁边，准备确认被害人身份。

（3）

文琪步入案发现场后，看着眼前那两具不成形的恶心尸体，她并没有感觉害怕，更没有呕吐，反而是特别冷静地蹲下来仔细观察。这让谢天亮这个从事法医行业多年的人为之诧异，他心中不禁蹦出了一个疑问：这丫头是谁啊？！

文琪绕着尸体走了一圈。

女生的背部有五条红色抓痕，看上去十分瘆人。脚边还有一摊神秘的绿色液体，虽然她的样子已面目全非，身上的器官也被凶手强行挖空了，但她还是一眼就辨认出来这个女尸体就是夏天。因为尸体脖子上挂着那条蓝色吊坠，跟她脖子上的那条一模一样！

文琪站起身子，眼帘微微下垂，吐了一口气道：“她……她是我的室友夏天。”

周天盯着文琪脸上的表情，除了观察到她微微紧皱的眉头，和看着尸体的目光，似乎并没有太多悲伤的情绪。这种镇定，和她的年龄实在不相符，这让周天不禁打了一个寒战。

谢天亮并没有发现文琪表情的特别，笑着问："小美女，你怎么判断出她是夏天的？"

周天对此也感到非常好奇，双手环抱在胸前，继续盯着她的脸看。

文琪拿出戴在脖子上的蓝色吊坠，又指了指地上尸体脖子上的吊坠，说道："这条吊坠是我和她一起买的，这所学校里除了她之外，别人不会有。"

事实上，文琪还知道另外一点，只是她不能说。这个秘密一旦泄露，夏天必定身败名裂！

文琪确认身份后，便快步离开现场，因为她实在不想留在这地方，更不想让周天起疑心。

临走时，周天向文琪要了手机号码，对于这个确认了夏天身份的女生，他总有一丝丝疑惑，说不定日后大有用处。

文琪刚从案发现场离开，谢天亮不怀好意地凑上来问："头儿，你要她电话，是对她有意思啊？"

周天睨视着谢天亮，没好气地骂道："你脑子里除了这个，还有别的吗？"

谢天亮嘻嘻笑着指了指尸体："还有这个。"

周天白了他一眼。

谢天亮自顾自地说："先把被害人弄回去，反正两个人的身份都确认了。"他决定好好研究一下地上的绿色液体。他从警队里带来的仪器完全检测不出它究竟是什么物质，这更增加了他的求知欲。

“什么时候确认的？”周天一把抓住谢天亮，“你怎么知道的？”

“男性死者叫赵伟，生物系学生，与夏天是情侣关系。”谢天亮戴上白色手套，取出一块黑色的大布，将两具尸体裹起来，“你走之后不久就有人来确认了。”

把尸体装上车后，谢天亮提取了绿色液体，放到口袋里，他想回队里继续研究，好加快破案的进度，争取早日抓捕真凶。

有人来确认？周天想起了文琪，总觉得文琪和罗丽红隐瞒了什么事情。

周天回头随口问一句：“亮子，你觉不觉得文琪隐瞒了什么？”

谢天亮把车尾门“嘭”的一声关上，回过头来大声说道：“你准是看上人家姑娘了，你自己在这儿杵着吧，我回队里做实验去了！”

周天低着头琢磨着文琪的“不对劲儿”，一抬头看到几个学生迎面而来，他突然萌生了一个想法，忙拦住一个学生问道：“同学，生物系怎么走？”

不得不说，周天在校园里，可是有着得天独厚的优越条件，不穿警服的他，外形帅气俊朗，声音富有磁性，可以算得上一等一的帅哥！

被他拦住的女生看到如此帅气的周天，不禁多问了一句：“你是生物系新生？”

“你别看见帅哥就想搭讪啊，你忘了你钟情的可是生物系赵伟了吗？”身边的女生把她挤到一边对周天说，“还是让我带你去吧！”

那女生重新上下打量着周天，补刀一句：“看你长得挺帅，可是和赵伟比起来还差那么一些意思嘛！不过，可惜了，赵伟那么一个大帅哥却和夏天厮混在一起！”

这算得上意外收获吧，周天没想到能够从路人口中得知如此重要的信息。

他一副好奇的表情问道：“那个夏天不是挺漂亮的嘛，这么说是啥意思？”

“这可要从赵伟的传奇说起来！别看赵伟家里条件一般，但他每年都拿学校的高额奖学金，不仅一表人才，对人也彬彬有礼。可那个夏天，也不知道用了什么手段把赵伟骗到手，所有人都传夏天的私生活不检点！所以，我对她一点儿好印象都没有！”

“对，上次我和朋友在金玉满堂唱歌，刚好遇到了夏天，看见她正和一个男人在谈笑风生！”另外一个女生补刀，“所以说，赵伟真是可惜了！”

周天在两个女生对话里获取了不少重要信息，这“金玉满堂”难道就是夏天的秘密？

被两个女生引领着，周天找到了生物系，道别了她们之后，他在生物系楼下转了一圈，然后离开学校，直奔“金玉满堂”。

文琪从案发现场回到寝室，室友们得知了夏天死讯后炸开了锅！

“什么？”王丽刚把零食塞进嘴里，一脸诧异，“夏……夏天死了？”

在上铺看漫画的李玲也探出头，追问道："文琪，你和我们仔细说说。"

文琪坐在笔记本电脑前，神色非常难看。她觉得自己背负着一个秘密好累，真的好累。对于夏天的死，她不能说太多，只能轻描淡写地说了一句："和我昨天晚上讲的那个故事一模一样……"

"啊！不会吧，文琪你可别吓我！"郑琴从卫生间跑出来，惊呼起来。

文琪当然不能把昨晚讲的故事告诉周天，一是，怕周天对她产生怀疑；二是，这世界上没有如此巧合的事情。因此，文琪又怎么能主动交代呢？

夏天的死，让寝室的氛围愈加紧张，其他几个人都不敢多问。

文琪长吁一口气，打开电脑发现邮箱里多了一封新邮件。

这是一封来自陌生人的邮件，名为"规则"，文琪原本以为是哪个文友发来的小说，她不加思索双击打开查看，上面赫然写着：

当你收到这封邮件，暗示着游戏已经开始。

夏天是这个游戏第一个犯规的人，因为违反了游戏规则，她必定要受到应有的惩罚，而所谓的惩罚就是永远消失！

你和另外几个人也被同时选中了，你们会收到相同的邮件，然而不同的是，你并不知道还有什么人和你一样成为游戏者。游戏规则很简单，除掉那些和你一样灵魂上刻下了"罪"的人！因为只有这样，你才能活下来，从而成为这个游戏的胜者！游戏一共有七个人，每个人只有一次机会。

我在你们的灵魂上分别刻下了：饕餮、贪婪、淫欲、嫉妒、愤怒、懒惰与傲慢的罪名。

每个人的灵魂上刻下的罪都不同，夏天灵魂上写了什么，你自己去发现。

游戏会不断轮回，也许，你会在下一次轮回里被选中！

去吧，寻找你的目标。

同样提醒你，不要试图摆脱我，我一直窥视着你！

by 一土

放在从前，文琪铁定不会理这种邮件，可里面提到了夏天，她不得不重视起来。

这不仅仅是游戏，而是一场致命的赌局，所有的参与者都是棋子，最终能活下来的不知道会有谁，或者一个人都没有！

而这个一土究竟是谁？

文琪迅速把邮箱关闭，此时此刻，她的心里又多了一个秘密。

（4）

周天坐在金玉满堂大厅的沙发上，等待服务生叫负责人出来。

“哎呀，周队长，久仰大名！想不到你今天亲自来，有何指示，我一定全力配合！周队长平时工作辛苦，不如我安排个包房让你轻松一下？”半老徐娘的徐美丽一边朝周天走过来，一边说着。

“不必，好好配合工作就好！”周天一言婉拒，“现在我要找一个人，希望你能如实回答我。你这里有没有一个天涯大学的女生？”

徐美丽笑着点了点头，忽然脸色一变，警惕地瞟了一眼周天。

她心里一梗，忙解释道：“周队，您真会开玩笑！我们这儿可是正经经营，哪有什么大学生呀！”

“徐总，这金玉满堂在天涯市可是鼎鼎大名！我来这里调查命案，如果你不配合，不如让治安大队的王队来求你配合吧！”周天岂会看不出来，这徐美丽明摆着不想配合工作。

“别别别！周队你言重了。”徐美丽忙掉转话锋，拍着脑门儿说道，“啊呀，我想起来了，原本是有一个天涯大学的女学生在我们这儿干过服务生，不过，没几天就辞职了啊！好像是找了个新对象，这姑娘也不识好歹，我听说她在学校交了个男朋友！”

“哦？”周天眉梢一挑，“既然你知道这么多，不如直接把她的地址写给我吧！”

徐美丽再也不敢推脱，忙找来人员登记表，把地址抄给周天。从事情的表面来看，夏天和那个对象之间有特殊的关系，周天对此产生怀疑，徐美丽口中的男朋友就是赵伟。

从金玉满堂出来，谢天亮的电话便打了进来。

接起电话，就听到谢天亮在电话另一端急促的语气：“你快回来，有新发现！”

周天挂断电话，直奔警局。

太平间里，谢天亮把报告交给周天。

周天略扫了一眼，眉头一皱，对着那些圈圈框框的数据问道：

“不明白，求解释。”

谢天亮关闭显微镜，转身拉开一旁的黑色布帘，打开天花板上的吊灯。

实验台上躺着赵伟和夏天的尸体，表情极为恐怖。

“经检测得知，男方是惊吓过度而亡，而女方受到过侵犯。”谢天亮回头一瞥，正好看到周天盯着他看，忙继续说道，“案发现场的绿色液体，这并不是普通液体，而是一种很奇怪的有机物，疑似为遗传物质，却与一般的DNA结构无法吻合。说白了，它是一种生物的精液，但至今，地球生物暂没有能够与之匹配的生物。”

“谢天亮，你今天喝多了吧？”周天瞪了一眼谢天亮，“一个不明生物杀掉了赵伟，并且奸杀了夏天，你疯了吗？”

“信不信由你，我用我专业的职业素养打包票！”谢天亮一脸苦笑，将黑色布帘拉上，把两具尸体推回太平间里雪藏。

尽管周天一再怀疑谢天亮说出的话，可他始终都没怀疑过谢天亮在法医方面的专业态度。

可凶手是怪兽？这也太离谱了吧！

对于谢天亮说的话，周天持保留态度。既然这件事没办法弄清楚缘由，那不如先放一放。他想到了徐美丽说的地址，说不定在出租屋可以找到些线索呢！

这一次，周天决定多带一个人——郑筱筠，一位漂亮的女警。

周六上午，文琪收拾好东西准备回家，王志军不合时宜的发来一条短信：“文琪，明天周末，我们出去玩儿啊？”

文琪的脸上绽放出一丝苦涩的笑意，心里酸涩得要命，回了几个字：“我想回家。”

可对于那个家，她真想回吗？其实不然，家里除了那熟悉的照片之外，再也没有让她留恋的人了。

“那我送你。”王志军简短地回了一条信息，忙去女寝室楼下等文琪。

文琪下楼就看到王志军推着自行车站在楼下，她没有多说话，直奔校门口走去。

今天文建很主动地来接女儿回家，坐在帕克斯车里抽着烟，远远就看到文琪和一个男生徐徐走来。他诧异地盯着男生的脸，烟灰掉在身上都没有察觉。

没等王志军把文琪送上车，文琪就一溜小跑上了车。

“和你一起走的男生是谁？”文建冷声问道。

从文建的语气中，文琪嗅到了危险的气息，她忙解释：“同学，只是同学。”

文建睨视着走远的王志军，脸上没有表现出任何异样，可这个人却像一把刀插入了他的心脏，疼得要命。

回家后，文琪和酷似母亲的沈凌打了一声招呼，便一头扎进卧室，唯恐父亲再问关于王志军的事情。她害怕单纯的王志军被父亲认定为她的男朋友，更害怕父亲插手她的感情生活。

而对于文琪的态度，文建也习以为常。

这个家，自从黄嘉丽死后，再也不像一个家了。

第二章　神秘的绿色液体

（1）

文家，文琪的闺房。

她就像是一个迷失方向的孩子，抱着娃娃，手中拿着妈妈的照片，泪水混合着思念满溢而出，不断撩动着她内心深处的悲伤。

八年前，黄嘉丽因意外去世，文琪的性格由此开始变化。她从一个性格开朗的姑娘变成了一个不喜欢与外人交流的封闭者。她一直认定黄嘉丽遇害是文建的责任，她恨那个叫文建的男人。

两年前，文建娶了沈凌，偌大的家里，无论身边有多少亲人，她都感到非常孤单。

现在沈凌也已有孕在身，可文建依然不知在外忙着什么。沈凌每次和文建说，让他多在家陪陪她的时候，文建总是用制药公司的公事搪塞她。其实无论是沈凌，还是文琪都很清楚，文建在外面养了人。

文琪擦拭着脸颊的泪，哀婉地叹息：“妈，我好想你。如果你一直陪在我身边，那我该多幸福……”

文琪思念着母亲的一点一滴，不知不觉中夜色已悄然而至，随着黑暗的笼罩，文琪愈发觉得荒芜阴冷……

文琪调整了一下自己的气息，缓缓伸直了腰身，把笔记本电脑拽了过来。

在她看到电脑屏幕的那一瞬间，屏幕的桌面上猛然蹦出了一张图片——

“你知道吗？我一直在窥视着你！”

那苍劲有力的字体，混杂着鲜血般的红色，冲击着她的内心。如同一把尖锐的刀，深深地刺穿了她的大脑，让她完全不能呼吸了。

文琪怔怔地看着屏幕，满脸的恐惧。

文琪赶快拿起鼠标换掉壁纸，希望这一切都只是幻觉。

文琪抽泣着说：“你放过我！我不想参加那个游戏，我想活着！”

“是吗？”一个熟悉的声音从电脑里飘了出来。

文琪颤抖着抬起头看着笔记本电脑，方才换上的壁纸变成了另外一张。

那是一张夏天穿着红色连衣裙的照片。

怎么会诡异地出现在自己的电脑上？夏天明明已经死了！她死了！

“文琪，因为你，我的秘密被那个人知道了！我被他杀了，想要复活必然要选一个寄居体，既然是你出卖的我，那么……下一个消失的，你猜会是谁？”夏天的语气冰冷，目光凝视着文琪。

文琪看得出，这是赤裸裸的愤怒！

夏天惨白的脸上流出两道血泪，那殷红的颜色如同一道闪电般，彻底击垮了文琪脆弱的心脏！

文琪失声哭诉着：“夏天，不要……不要！求求你，原谅我，我不想去死……”

“文琪，下一个就是你！”电脑里发出的声音伴着阴森森的笑意，说不出的诡异感充斥着文琪的大脑。

文琪的心跳加速，夏天的话不得不让她开始相信“规则”这个游戏。她颤抖着，垂死挣扎对电脑里的夏天哭喊着说：“夏天，我没有出卖你，真的没有！你的秘密，我并没有说出去啊！不要……你不要……”

“没有？不是你，还能有谁？文琪，我告诉你，你们的灵魂上都被刻下了‘罪’，我会在下面等你们。别着急，我们很快就会见面了……”夏天阴森森的声音逐渐减弱，随着声音消失，电脑恢复到了正常。

文琪的心似乎被抽离了肉体，宛如步入地狱般，整个人都放空了，身体如同坠入深渊一般。她打了一个激灵，大脑一下子清醒了。

文琪惊醒，抬眼望着笔记本电脑，冷汗涔涔冒个不停。

原来，这是个梦。

文琪合上笔记本，疲软地仰躺在床上，看着天花板道：“夏天，我没有出卖你……”

可梦境如此真实，又真的只是一场梦吗？

夏天，你究竟是怎么死的？

（2）

午夜12:00，古老的钟准时发出“咚咚”的撞击声，正在写稿子的文琪伸了一个懒腰。

她随手拿了一件浴袍，打开走廊的灯，轻手轻脚地往浴室走去。

这个时间，文建和沈凌早都已经休息了。

别墅区的夜晚格外寂静，唯独那刺耳的吊钟声，让人心惊胆战，似乎在演奏去世前的召唤之乐。听着那声音，文琪不禁倒吸一口凉气，当初真应该让父亲把它扔了，丧钟声不吉利！

12下，吊钟声戛然而止，过道里又恢复了宁静。

突然静下来，文琪有些不适应，她站定脚跟，浑浑噩噩地揉着生疼的头，走进浴室，伸手打开浴室的灯，抬头看了一眼镜子。

“啊——啊——”文琪用双手把脸挡住，疯狂地尖叫着，她似乎被吓坏了。这失声尖叫，也惊醒了家人。

“出什么事儿了？”保姆王姨从房间里跑出来忙问道，沈凌和文建闻声也从卧室跑了出来。

文建盯着镜子上的那幅画，心中一阵寒意油然而生。

那是一幅诡异的油画，画上是一个披头散发的女人，她的样子有些像文琪梦中的夏天。

沈凌一下子埋在了文建的怀里，文建把画撕了个粉碎，嘴里咒骂着什么。

文建安抚了一下受惊的妻子，又把文琪送回卧室。

他穿上衣服，拿起茶几上的车钥匙，冷冷地对沈凌交代一句："沈凌，我出去一趟。没什么事儿，晚上不要外出！"

世界，陷入了一片死寂。

一阵冷风从窗外吹进来，沈凌似乎察觉到了异样，汗毛耸立地看向窗外。

夜一如既往的黑，午夜后，柏油路上文建开着黑色的帕克斯疾驰而去。

他自言自语："她？是她吗？难道她出意外了？"

文建猛踩油门，一分一秒都不敢耽误，唯恐她出现任何差池。

车开到地方，文建飞速往楼上跑，不安的感觉越来越强烈。

301。

文建脸上写满了焦急，他将钥匙插入锁孔，往左边一扭，门开了。

屋内一片漆黑。

"夏天？"文建摸索着打开了客厅的灯，而后步入房内，四下打量，空空如也。

人呢？这房里原有的东西呢？

整个房子都空了！

文建再回头，一男一女正对着他，一脸严肃。

大半夜，两个陌生人私闯民宅，文建本来心情不佳，再遇到这两个家伙更是气不打一处来！他张口骂道："滚出去，你们……"

不等文建骂完，郑筱筠已经动手把他制伏了。

"我就说嘛，我们这次一定有收获！"郑筱筠笑眯眯地看着周天，满脸的幸福感，"你别动，小心把你胳膊扭下来！"

周天眼中露出笑意，蹲守果然有成效，这不鱼已经上钩了。

"放开我，你们知道我是谁吗？"文建背对着郑筱筠拼命挣脱，"松手！"

"傻瓜，肥头大耳，肯定是大款！"郑筱筠冷哼了一声，"就算用脚指头想你，也知道你是一个富到流油的人！"

"你们……你们要做什么？"文建有些慌了神，把周天和郑筱筠误当成了要打家劫舍的"土匪"。

"放心，我们绝对不会动你一根汗毛！"说罢，郑筱筠把文建推在了椅子上，"乖乖回答我们问题，问完我们就走。"

郑筱筠给周天使了一个眼色，周天围着文建上下打量起来。

年纪五十岁上下，略胖，眉宇间给人以威慑力，足以见得这个男人不是普通人。

周天开口第一句话问道："来，继续你刚才没说完的话题，你是谁？"

文建心中一紧，没想到不经意的一句话暴露了自己的身份，他忙藏掖着回应道："什么什么是谁！我就是我！倒是你们，大半夜私闯民宅，也不怕警察把你们抓起来！"

听到文建的话，周天笑了出来，亮出了自己的证件，正式地问道："我就是警察！来，说说吧，你来这里做什么？"

文建看到警官证，心中的疑惑更大，因此，他不敢妄言，躲闪着目光，从嘴里挤出两个字：“找人。”

毫无意外刚好正中下怀。这亦是周天想要的效果，他清楚正常的审讯流程，肯定问不出东西来。而用蹲守的方式把人钓出来，然后给对方施加心理压力，肯定能问出有用的线索。

“我们要核实一下你的身份，确认无疑我就可以放你走！”周天把胳膊环抱在胸口继续说。

“文建，天涯制药有限公司老总。”文建嘴角微微动了动，小心翼翼地说出了自己的身份。

“你来这找谁？和她什么关系？”

“找……找……找夏天……”文建的话没有一丝的底气，“她……她是我的外宅。”

外宅？说得如此文雅！

周天对文建的疑问一点儿都没有削弱，他狐疑地盯着文建，从裤子口袋里摸出一包万宝路，丢给文建一根烟。然后乘胜追击问道：“说说，你和夏天是怎么认识的？多长时间了？对她还有多少了解？”

看样子，周天并不是冲着自己的事情来的，这使得文建长吁了一口气。只不过是一个夏天，该说的事他一个字都没落下。周天听完文建的讲述，觉得和徐美丽说的丝毫不差，两个人果然是在金玉满堂相识。

除此之外，文建还说起了另外一件事：“据我所知，夏天有一个男朋友，是天涯大学的学生。”提到这里，文建的目光凶狠了不少。或许这就是出自男人的嫉妒心，总希望坐拥女人的一切温柔，不与任何人分享吧。

“好，把你的联系方式写下来，以后还需要你配合工作。”周天把本子递给文建。

文建愣了一下，他战战兢兢地多问了一句：“夏……夏天怎么了？”

周天微微抬头，看到他惊慌失措的模样，淡然地说了两个字：“死了。”

文建顿时傻眼了，他不敢相信前几天还活蹦乱跳的人，就这样悄无声息地死了！文建离开了出租屋，启动停在楼下的黑色帕克斯，他本想给沈凌打电话问问她睡没睡，不承想沈凌的电话却关机了。

文建心中抑郁难捱，朝金玉满堂开去。

车刚停靠在金玉满堂门口，文建还没下车，他便看到一个骑着自行车的男生在打电话，从他车身边骑过的时候，文建听到：“文琪，你真是傻得可爱呢！夏天不是已经死了吗，你不要自己吓自己！她不会害你的，相信我！我们一会儿老地方见！”

文建的心里顿时生出一种不祥的预感，他看着远去的背影，认出来打电话的男生就是白天和文琪一起出校门的男生。他究竟是谁？在电话里他提到了夏天，文琪和夏天又是什么关系？

一阵恶寒油然而生，文建没有心情去金玉满堂玩乐，看样子有些事情需要调查清楚才行。

他再次发动引擎，车子缓缓开动。不知文建是在跟踪刚刚打电话的男生，还是要去别的地方……

离开了夏天的出租屋后，周天把郑筱筠送回了家，然后自己回家倒头便睡，这一天可把他忙坏了。

在梦中，周天梦到了文琪，还有活着的夏天。

夏天阴沉的脸凑近周天，狞笑着对他一字一顿地说：“我会让他们都死掉，一个一个死掉，不知不觉……”

周天猛然睁开眼睛，这时耳边响起了手机铃声，他看了一眼是局长。他顾不得惊魂未定，忙接起电话。

“周天，马上去天涯大学，又一起命案发生了！”局长说话的语调明显有些急促，“一定要尽快找到凶手！”

周天挂断电话，看了一眼时间，已经7:00了，他很久没有睡得如此酣畅，拿上外衣跑下楼。开着车前往天涯大学，他喃喃自语：“大周末还有人遇害？”

可又马上意识到，学生放假，又不代表凶手放假，刚才的疑问就当是自嘲吧。

周天到达案发现场，队里的其他人都已经赶到，打头的就是谢天亮的法医车。

隔着老远，周天就看到了谢天亮，他穿着那件散发出臭味儿的工作服，身旁站着一位十分漂亮的女警——郑筱筠！

周天实在没想到，她比自己还早到。

(3)

依然是那片密林，又多了一个惨死的人。

死者的鲜血染红了一大片沙地，器官同样全部失踪，脖颈有两个清晰的獠牙印，两腿和背部都有红色抓痕，脚边同样遗留了一摊绿色液体。

周天和谢天亮已经领略过一次了，却依然被现场惨状惊到。

但是这次让周天始料未及的是，上一起命案才发生没多久，凶手又开始出击了。

这个凶手究竟多么饥渴难耐，频频发生凶案，难道就不怕被发现吗？让周天震惊的还有，这个凶手不单有凶残的一面，也有很高的智商，不然怎么会多次犯案还可以安全离开案发现场呢？

周天蹲下来，看了一眼躺在血泊中的尸体，身体微微一震。

谢天亮发现了周天的异常，问道："怎么，你认识？"

"嗯，女生寝室的管理员罗丽红，我和她算有过一面之交。"周天站起身来，目光和郑筱筠相撞，他张了张嘴想解释什么，又看了看罗丽红的样子，她的确不是自己的菜，不必解释。

郑筱筠和周天在队里的关系虽然没有挑明，可在所有人看来都心知肚明。当郑筱筠看到周天看罗丽红的眼神，心中十分不爽，转身就走了。

谢天亮嘿嘿一笑，就知道郑筱筠会生气。他没管那个，拉着周天继续检查尸体。

谢天亮在摆弄着尸体时，还不忘调戏周天道："你小子接触的人都挺漂亮，我咋没那桃花运？瞧瞧郑筱筠多漂亮，这个罗丽红也不错嘛！可惜了，可惜了！"

周天狠狠地敲了一下谢天亮的头，瞪了他一眼，低吼着："好好检查，再找不到凶手，我把你当凶手交上去！"

谢天亮顿了一下，手一哆嗦险些把钳子扔在地上，也就是在这一瞬间，周天似乎发现了什么！

“等等！”周天拉住了谢天亮的手，“这是什么？”

一根奇特的毛发呈现在两个人面前，谢天亮小心翼翼地把毛发装进证物袋里，再一抬头，他又发现了和上次不同的地方！

“嘿，没想到这个罗丽红是第一次呢！”谢天亮就像发现了新大陆一样，“或许和上次有些不同哟！”

周天看到谢天亮不正经的样子，叹了一口气，他什么时候才能正经点儿呢？

检查完尸体后，谢天亮将罗丽红的尸体裹好，放入车里。

周天对这次命案有了一个不同于上一次的定义：行凶者虽然和上次一样，一如既往残忍地挖空了尸体所有的器官，可不同的是脖颈处多了两个清晰的獠牙印！冰冷的躯壳，残缺不全的身体，下落不明的器官，这些都成为困扰周天揭开谜底的绊脚石。

回到警局，周天和谢天亮一同留在太平间。

谢天亮一次次对绿色液体展开实验，他突然喊了一声：“不对！绿色液体竟然能和人血融合！”

谢天亮迟疑了一阵子，说：“不！这种概率只有千万分之一，而且我上一次也将两名被害人的血液采集出来，与神秘的绿色液体融合检测之后，并没有发现它们能融合。”

周天皱了一下眉头，突然想到了那根毛发。他善意提醒道：“亮子，你检测一下那根毛发，说不定会有新发现！”

谢天亮小心翼翼地把毛发放到检测器上，经过耐心地对比实验，终于得出了结果。

“周天，这……这结果让我没法接受！”谢天亮说话都变结巴了。

“怎么了？”周天忙站起身走到谢天亮面前，看着那一堆数据问道，“有什么不妥吗？”

“当然不妥！”谢天亮转过身，一本正经地说道，“这毛发是动物的！是狼！”

周天听到这个字后，身体微微一颤。狼？难道作案的是头狼？这……可就算狼作案，那绿色液体又是什么？更何况，狼可以把人咬死，难道还会把人的内脏挖掉？这太扯了！

周天摇晃着头，对这个结果非常不满意。

“还能不能进一步化验？我一定要弄清楚这里面的疑问！”周天说道。

谢天亮打了一个响指，挑弄着眉毛说：“能！不过要请我师父沈教授出山，我还没这个本事！”

带着毛发和绿色液体，周天和谢天亮赶往一家私人医院。

医院的门口停着一辆黑色帕克斯，周天看了一眼，觉得有些眼熟。

谢天亮领着周天坐电梯上行，他提醒道：“一会儿我进去和我师父说，他这个人忌讳挺多的，你少说话为妙！”

周天点头，大师级别的人往往都有些怪癖，他听着就是。

谢天亮来到六楼一个房间，轻轻地敲了敲门，房里有人说道：“请进。”

谢天亮扭开门把，周天尾随其后。

沈教授一抬头看到是谢天亮，没好气地张口就说：“你还有时间来看我啊？”

谢天亮一脸贱笑，凑上去说道：“哎呀，徒弟这不是忙嘛！”

师徒二人闲聊的空当儿，周天一眼便和坐在沙发上的另一个人对视上了。

这个人，就是昨天夜里才刚刚见过的文建。

文建见到周天，脸上闪过一丝诧异。

“文先生，真巧啊！”周天扭过脑袋，对坐在沙发上的文建道。

文建冷汗顺脸而下，微微颔首，并没有多说话。

而沈教授不知因为什么和谢天亮吵了起来：“你小子有事儿快说！”

“师父就是师父，什么事儿都瞒不过您的法眼！”谢天亮忙把东西放在桌子上，“这玩意儿还劳烦师父过过眼，给做个检测呗！”

沈教授一眼定格在桌子上的绿色液体，脸色顿时转变。不等谢天亮再说话，他翻脸吼道：“滚！拿着你的东西快滚！”

谢天亮忙拉着周天从房间里退出来，不敢多停留一分钟。

出了房间，周天瞪了一眼谢天亮，问道：“你师父怎么了？”

“算了！我也料到师父未必能帮忙，没办法，只有我自己研究了。”谢天亮摇晃了一下手中的试管，“就是以我这资质不知道啥时能弄出来呢！”

“我信你！”周天说道。

谢天亮咧嘴笑了，他猜不透周天说的是心里话，还是奉承他。

他突然想到刚才周天好像在房里说了话，他问道：“你认识坐在沙发上的那个人？”

周天点点头，说道：“昨晚见过，他就是夏天在校外的大款！”

“哎哟，现在的大学生也是够了。”谢天亮露出一种十分狡黠的目光，“嗯，关系太复杂！”

二人相视一笑，刚刚有了眉目的案件，又被迫中止。

医院办公室。

沈教授颤抖着双手，嘴里喃喃自语道：“不！不！一定是巧合！巧合……”

文建抬起头，回应着沈教授的话：“虽然我也觉得是巧合，可世间不可能有这么巧的事儿吧？”文建的心里十分惧怕，夏天死了，下一个会是他吗？他一直在想，究竟是谁害死了夏天？

沈教授看到文建的反应，他突然冷声问道：“跟谢天亮来的那个警察你认识？”

文建自知瞒不住沈教授，便把被周天审讯的事都一五一十和他说了一遍。

“糊涂！为了一个女人，你可真行！”沈教授狠狠地拍着桌子吼道，“滚，你们都给我滚吧！”

沈教授直接下了逐客令，文建满心疑惑地从医院离开。

（4）

周末过去，校园被命案的阴影笼罩着，校方已经用了最大的力度把这件事压下去，可还是有很多同学在私底下散播着消息。

女生寝室楼后墙的那片树林，一夜间成了学校的禁地。就连清洁工大妈，都远离那儿了。

文琪每次归校都比别人早，因为她很享受在没有人的寝室里写稿子的感觉，这一次也不例外。她从宿舍楼门口进来的时候，没有见到罗丽红，文琪还自嘲认为今天十分幸运。

414寝室的门虚掩着一条缝儿，文琪站在门前倒吸一口冷气。自从夏天遇害后，她的耳边经常能听到夏天求救声。而对于这微掩的门，她有一种说不出的恐惧。

文琪向前走了一步，从寝室的门缝儿探头进去看。寝室的窗子被窗帘遮住，从门缝儿里倾泻出一道淡红色的光。地板上到处都散乱着各式照片，还有横七竖八的壁纸，呈现出一片荒凉之景……

文琪以为有人先回来了，于是便先发制人问道："谁在寝室里？"

"琪琪，你终于来了。"没有人影，飘出了一个温柔的声音，"我等你很久了……"

又是夏天的声音！

文琪再也无法抑制内心的惊恐，她必须正面面对这一切。

文琪强忍住内心的惧怕，推开寝室的门，喊道："夏天，是谁害了你？告诉我，是谁策划了这个游戏，一土又是谁？！"

谁知在文琪推开门的瞬间，房间里所有的事物都归于正常，什么都没有，没有凌乱、没有萎靡，空气中残留着一股淡淡的香味儿！文琪能闻出来，这是夏天身上的香水味！

文琪大声吼叫道："夏天，你不要走……你告诉我，告诉我啊！"

所有的一切，让文琪想起那封邮件，她心中不禁产生了疑问：难道那个规则是真的，夏天和赵伟被一土给裁决了？

敞开的门缝，夏天那熟悉的身影、鲜艳的面容，听过千万遍的声音，所有的一切都占据着文琪的大脑，让她完全不受控制的去思考一个问题。

“究竟是谁？一土究竟是谁？他到底要做什么？”文琪一而再，再而三地质问，“夏天，我真的没有出卖你，你要相信我，相信我……”

文琪被夏天的事情彻底扰乱了心智，头疼欲裂，她痴傻着对敞开的大门大吼一声：“夏天，求求你放过我！我不想死……”

喊过之后，文琪困意袭来，一头躺在了地上便没有了感知。

不知睡了多久，文琪被同学们的吵闹声扰醒，她只感觉到头疼得厉害，睁开眼睛就看到王丽坐在身边。

王丽和李玲两个人叽叽喳喳说个不停，模糊间，文琪只觉得自己的头很烫，不等说话，她又没力气地昏了过去。

文琪的脑海中清晰地呈现出一面镜子。

镜子里呈现出的并不是她自己的脸，在那片漆黑的空间里，露出一张苍白如纸的脸和一张娇艳似火的红唇。文琪定睛一看，是夏天。如同在家那晚所见的画一样，夏天穿着那条火红色的裙子，手中拿着一根白色的蜡烛。

蜡烛的火光摇曳，照着夏天已经扭曲的脸，她的声音在文琪的耳边喃喃低语：“下来陪我，下来陪我……”

文琪想闭上眼睛，不去看夏天恐怖的样子，但是她的眼睛却不听使唤，怎么都没办法摆脱夏天恐怖的模样。

夏天并没有从镜子里爬出来，她只是把蜡烛移到自己的嘴角处，对着镜子外边的文琪温柔微笑。文琪永远无法忘记，镜子里所出现的情形！

文琪胃里翻搅着，夏天用诡异的声调对她缓缓说道："文琪，白色蜡烛燃尽之时，就是你要下来陪我之日……"

"啊——"文琪的声音从喉咙喊出，冲破夏天给她带来的刺激。

文琪冒了一身冷汗，睁开眼睛，才发现，这原来又是一场梦！

文琪的衣服被冷汗浸湿紧贴背脊，她急促地喘着气，一张帅气的脸庞闯入她的视线，她如同抓到了一根救命稻草，一把抱住了坐在床边的王志军。

文琪像一个受了惊吓的孩子，埋在王志军的胸口哭泣着。此刻，她才明白，自己内心世界是如此脆弱，她期盼能有一个人像救世主一样救她于梦魇之中，就像此时的王志军，能陪伴在自己身边。

"好了，一切都过去了，只是发烧而已！"王志军柔声地在文琪耳边呢喃，"乖！好了……"

这时，文琪的耳边传来开门的声音，她猛然从王志军的怀里挣扎出来，看着进门的人，一愣。

"琪琪，你好点儿了吗？我和你爸都吓坏了，以后你要注意，千万别感冒了！我叫王姨给你煲了汤，你多喝点儿。"沈凌挺着大肚子拎着保温饭盒走进来，她柔和的声音给人莫名的好感。

王志军不知所以地站起身接过她手中的保温饭盒，微笑着说道："阿姨，您好！我是文琪的同学王志军，您和文琪长得真像，都那么漂亮！”

“王志军，你给我闭嘴！”文琪打断了王志军的话，语气里还夹着愤怒和埋怨，“她不是我妈！”

王志军一愣。

按照年龄推算，沈凌的外貌过于年轻，的确不像文琪的母亲，她应该比文琪大不了多少！

不过，沈凌的眉宇间和文琪的确有几分相似，如果不仔细辨认，还真以为是一家人。

可文琪的态度让王志军有些吃惊，他不明白文琪为什么用这种态度对待这个女人。

为了照顾文琪的病情，他不敢再多说什么。

沈凌看到文琪坚决的态度，把汤向文琪推了推，然后对王志军道：“你照顾好她，我先回去了！”

沈凌刚走出病房，文琪便抬手用力一挥，保温饭盒里的汤洒了一地，空气中弥漫着汤里浓烈的药味儿。

王志军眉头紧皱，劝慰着：“文琪，怎么说，她也是为你好……”

“滚，你给我滚！”文琪竟然对王志军咆哮着，“无论是谁，只要在我面前说那个贱女人一个‘好’字，就给我滚！”

王志军叹了一口气，也只好从病房里退了出来。

病房里徒留下文琪一个人，任凭头脑不清楚地烧着。在她的耳旁，总回荡着一个声音，无时无刻地提醒她：“是你害了我，是你害了我！”

第三章　两个红色獠牙印

（1）

深夜23:00，王志军从家里出来，钻进了一家黑网吧，他需要找一个隐蔽的地方做些不能见光的事。而王志军做这些，除了因为他的家庭之外，还因为一个人——文琪。

夜里1:00，王志军从网吧钻出来，手里拎着一个袋子，他要去赴约。

夏夜的冷风肆意狂吹，路上毫无生气，王志军下意识地紧了紧身上的短衬衣，感到有些冷。

这个时间，路上早已没有行人，于是，他加快了脚步，自言自语：“赵伟，我一定要比你强！”

王志军和赵伟同在一个系，只因王志军在家世上没赵伟好，感觉处处低人一等。就连在课题选择上，赵伟也永远都有优先权！

这让王志军心里特别不平衡，不过现在好了，赵伟已经死了，他终于熬出了头！

赵伟遇害后，王志军成了生物系里的“一把手”，原本由赵伟负责的科学研究课题，现在都由王志军一手包办。王志军在研究这个课题时，第一次用小白鼠做实验，就发现了一种特殊的物质对动物的DNA有反应！

在不知不觉中，王志军的内心已经发生了或多或少的变化。

王志军拎着手中的东西，并没有着急回家，而是在一个十分隐蔽的死人屠宰场停下。

他找了一棵大树蹲下来，似乎是在等什么……

没多久，一个身材高大的男人踱着步子向他走来，用低沉的语气问道：“东西呢？”

他的语气中充满了王者气派，让王志军身体微微一震。

他忙把手中的袋子交给那个男人，干涸的喉咙挤出几个字来：“我要的钱呢？”

男人阴森森地笑了，回应道：“放心，只要你不把我找你的事情泄露出去，钱不会少给你一分！否则的话……你应当明白后果！”

王志军明白，和这种人做交易，最重要的就是守信。不过，他也从没打算把这件事说出去，毕竟，他只想要钱，想要让自己过上好的生活。也是为了能和文琪在一起……因为是贫穷让他连最心爱的女孩都守不住！他时刻都不曾忘记文琪向他提出分手时的情景。

男人满足地看到王志军嘴角露出的笑意。

他选择合伙人是有标准的，之所以会选中王志军，除了他是天涯大学生物系的高才生之外，更多的是因为他内心的欲望。人，欲望越多，迷失的就会越快。而这个男人，也不会让王志军活得太久，毕竟知道的秘密越多，这个人就越不安全！

男人临行前同样在地上放一个袋子，转身走后，他的声音回荡在路上。

“回去做实验吧，只有你成功了，才会有人正眼看你！”

王志军狠狠地点了点头！没错，只有自己成功了，母亲才能过上好的生活；文琪才有可能回到自己的身边！只有钱，只有钱才能让未来充满希望和越来越好……

王志军拎起地上的袋子，缓步向家的方向走去。

夜里2:30，王志军在距离家不远的巷子，看到一个正在扒垃圾桶的中年女人，他吓了一跳！定睛一看，竟然是自己的母亲欧阳婷！他忙上前拉住母亲的手，擦拭着母亲脸上的污秽，心疼地说道：“妈，以后别乱跑了，我肯定会让你过上好日子！”

母亲抬头仰视着王志军，傻呵呵地笑了。虽然她看上去蓬头垢面，可擦干净脏兮兮的脸后就不难看出，年轻的时候她也一定是个美人坯子！只可惜，这个当年红遍天涯市的歌手爱错了人，搞到现在如此凄凉的地步。

看到母亲这个样子，王志军狠狠地下定决心道：“我一定要成功！为了我的母亲，为了文琪！”

凌晨，414寝室，所有人都酣然入睡。

郑琴的手机突然响了起来，她被吓了一跳，睡眼蒙眬中摸到手机看了一眼。

她盯着手机屏幕上显示的名字，失声尖叫。

“啊——”郑琴把手机扔到了地上，嘴里喃喃地说道，“夏天，不是我害你！你不要找我，不要……”

郑琴惊魂未定，她又听见文琪的笔记本电脑里发出了夏天的声音！郑琴害怕得要命，战战兢兢起床，打算把文琪的电脑关上，不曾想她却发现电脑的屏幕上呈现出和她刚刚梦境中一模一样的场景！

夏天手里拿着一根白色的蜡烛，像瘟神一样，嘴角露出诡异的笑容，把郑琴吓了一个趔趄。这让郑琴突然想起几天前收到的那封信，她下意识地感觉到，写信的“一土”所说的游戏已经开始了！

郑琴跪在地上，对电脑屏幕上的夏天哭诉：“夏天，看在我们原来是姐妹的份儿上，放过我吧。我知道，我不该那样对你！可……可我真的没有害你！”

“姐妹？！”夏天的声音嘿嘿地笑着，“好啊，我的好姐妹！如果你不想让我再缠你，那么就按照我说的去做！”

“好！我听你的！都听你的！”郑琴从地上爬起来，抹掉脸上的眼泪，“只要能让我活着，你说什么我都照做！”

“好啊，那你现在穿上衣服去密林，不要告诉任何人……”

郑琴一分钟都不敢耽搁，立刻套上外套，悄悄从寝室溜了出去。

郑琴惊呼的那一瞬间，寝室的几个人都醒了，却因为郑琴平时在寝室里总是摆出一副大小姐的样子，因此都没有人站出来！大家都听到了夏天的声音，更听到了关于“游戏规则”的说法，谜一样的问题缠绕着她们，每个人都翻了个身各怀鬼胎再也无法入睡……

罗丽红死了，女生寝室楼还没请新的管理员，所以寝室大门没有锁。

天有些阴沉，月光照着大地，没有半颗星，郑琴怀着忐忑的心，走出女生寝室楼，来到约定的树林。树林里时不时传出不寻常的声响，郑琴的眼泪顺着脸颊簌簌往下掉，她心里暗想，或许是因为知道太多关于夏天的秘密，她才会纠缠上自己？

郑琴见过夏天和文建在一起，并偷偷拍了照片，以此来挟夏天，夏天因此对郑琴唯命是从。后来，郑琴还想找关于她更多的秘密，便跟踪过赵伟，竟然发现赵伟和管理员罗丽红之间有一些小秘密！郑琴因此又要挟了赵伟和罗丽红。她只想从他们的身上捞点儿好处，可没想到今天所有的一切都要偿还了！

郑琴吓得瑟瑟发抖，她四下张望着，唯恐突然蹦出一个人来。这时，她扭过头向树林看去。一个怪物从树上突然蹦了下来，然后用十分诡异的形态朝郑琴走了过去。更令人惊奇的是它竟然说话了，它的声音沙哑，压抑到让人喘不上来气。

“你来了！你和他们一样，灵魂肮脏不堪！你们四个人的灵魂有不同的‘罪’名，你灵魂上的罪标明了‘嫉妒’，你要为此埋单！”说话间，它已经来到了郑琴的面前。怪物猩红的嘴唇，暴露在外的獠牙，让她不寒而栗。

“不要……求求你，不要……”郑琴哭喊着，希望能有一线生机。

那怪物张开血盆大口，赤红的眼睛贪婪地盯着郑琴，充满邪恶的笑意说道：“你是第四个赎罪者！”

就这样，郑琴也惨死在了怪物手中。

这时，怪物的指甲慢慢变长，手臂上也覆盖了皮毛，那张脸竟然变成了一张人脸！它趴在郑琴的身体上，用爪子在她背上留下了抓痕，接着，它从郑琴身上起来，对着天空用它那沙哑的声音徐徐说道：“我本想放过你，却因为你的嫉妒让我兴奋不已！可我也知道，这世间没有所谓的纯洁灵魂，人类都有私心，为了利益和金钱，用尽各种各样的手段，只为满足一己私欲。你和那些人没有什么不同……”

怪物抬头发出一声怪叫，迅速朝着树林远处窜逃离去。

（2）

东方露出了鱼肚白，李玲和王丽从梦中醒来，发现寝室里只剩下她们俩。

王丽睁开双眼，随手从床头拿了薯片来吃，一个不经意看到了一封信。

王丽从来没收到过信，对于她这种傻大姐形象的人来说，情书都是别人家的。她迫不及待地打开信，看了一番，却发现这只是一个无聊的“恶作剧”而已。什么“游戏规则”，什么“七宗罪”，什么“饕餮”，她完全没放在心上。

不过这七宗罪，倒是让王丽想到了一本叫“七宗罪”的书来，出于好奇，她在手机百度了一下书名，津津有味地看了起来。看着看着，她感觉肚子饿了，抬起头对李玲说道：“李玲，你起床去买饭吧！我饿了。”

李玲翻了一个白眼，想要拒绝，又想到王丽那有钱的老爸，叹了一口气，最终还是决定不和她计较。她穿上衣服，问道：“你要吃什么，我现在去买。”

王丽十分不客气地说道：“快点儿！要饿死哀家了！”

“别着急，别着急，我拿钱包马上去！”李玲一刻不敢耽搁，迅速地跑出寝室。

李玲跑出寝室之后，王丽才反应过来，郑琴怎么还没回来？

最近寝室里的人越来越奇怪了，夏天死了，文琪浑浑噩噩进了医院，昨天晚上郑琴也变古怪了起来。王丽心中一沉，难道这真的是一场“规则游戏”？她重新扔掉手上的手机，又拿出那封信，信中对于王丽灵魂上的罪标明了“饕餮”，这让她心中一阵恶寒，难道说自己体重越来越胖，真犯了饕餮之罪吗？

王丽怀疑自己紧张过度了，甩了甩头，又嚼起了薯片。

王丽无意间向窗外看了一眼，这一瞥，她竟然在窗外的树上看到了一双猩红色的眼睛，而这双红色的眼睛恰好瞪着她！她清楚地看到那个怪物张开大嘴，露出两颗獠牙，嘴边流淌出绿色黏液，它的头上被银白色的皮毛覆盖着！

“啊——”王丽失声喊了出来，等她再定睛看去的时候，那个怪物已经消失不见了。

王丽扔掉手中的信和薯片，全身发抖地向窗口移动过去，她不相信，刚才自己产生了幻觉……

李玲下楼去买早餐，突然听到楼后有人惊叫，她好奇心作祟地向楼后走去，想看个热闹。

这时，她看到清洁工大妈蹲在墙脚，一具赤裸的尸体躺在沙地上，血腥的场景让人唏嘘不已。

李玲也不敢靠近，站在外围听消息。

警察把现场封锁了，周天在给清洁工大妈做笔录，他对这种场景十分头疼。

这是第三起案件，三起案件相似度高达百分之九十五以上，周天心中比谁都明白，三宗案子的凶手都是同一个人！可，这凶手究竟是谁？为什么非要用如此残忍的手法，来杀害这些人？

李玲觉得死者十分面熟，于是她挤了进来，果然，她一眼就看到了躺在地上的人。她大声喊道："我认识她，认识她！"

李玲几乎是失声喊了出来，"郑琴！是郑琴！"这一声喊叫引起了周天的注意。

周天把清洁工交给其他同事，向李玲走了过去。

李玲抓住周天的胳膊，惊恐地对他说道："是他！肯定是他！他说过，我们的灵魂上都被刻上了'罪'，我们要遵守游戏规则。否则，我们就会受到惩罚！这是真的，原来都是真的啊！"

周天一脸不解地看着李玲，安慰道："同学，你别紧张！和我说清楚事情的来龙去脉！"

李玲把收到信件的事情和周天说了一遍，还有昨天晚上郑琴的古怪行为。

“除了你之外，还有谁知道郑琴昨天晚上溜出去？”周天紧锁眉头，把手放在李玲的肩头，希望对她有安抚作用。

李玲情绪稍稍稳定后，仔细回想，突然想到了疑点：“王丽！王丽一定也醒了！昨天半夜的时候，我是被笔记本电脑诡异的声音吵醒的，王丽睡觉轻，她也一定知道！”

“笔记本电脑？”周天的心猛然提了起来，“笔记本电脑是谁的？”

“文琪的，只有她的笔记本电脑才会开喇叭，我们平时都不开。”李玲思索一会儿，“不过文琪住院了，这几天没在寝室，我也很奇怪她的电脑怎么还开着？”

周天顿时嗅到了危险的气息，拉着李玲就往女生寝室跑，这一次，他一定要抓到凶手！

(3)

414 寝室的大门虚掩着，寝室里传出奇怪的声音。

李玲察觉到有些诡异，她向后退了两步，站在周天的身后。

周天一脚踢开寝室大门，被眼前的景象惊呆，空气里弥漫着一股浓厚的血腥味，躺在床上的王丽，满嘴薯片屑，两眼上翻，鲜血染红了整个床铺，脖子处还有两个红色獠牙印。

“啊——”李玲受不了刺激惊声喊了出来，腿一哆嗦蹲在了寝室门外。

周天进入到寝室，查看了一圈儿之后，就十分确定是有“人”从窗子进入，害死了王丽。而周天站在窗口一回头，一眼看到了屏幕亮着的笔记本电脑，桌面血淋淋写着两个字——饕餮。

李玲强挺着瘫软身体，从地上站起来，走到笔记本电脑旁，惊恐地对周天说道：“一定是他！一土。”

在笔记本电脑壁纸的右下角，留有清晰而有力的字迹——一土！

对于这个名字，周天感到十分陌生，可对于李玲来说并非如此。她经常偷偷用文琪的笔记本电脑玩儿，因此在文琪的QQ里，和邮件里都见到过这个名字！这两个字就像魔咒一样围绕着她，铺天盖地占据了她的心。

周天盯着笔记本电脑屏幕上的字，摸着下巴思考着。

被害者都是414寝室的人，凶手和414寝室究竟有何渊源？绿色液体，究竟是为了误导？还是遮盖一些不可告人的秘密？最让人捉摸不透的是红色獠牙印，这究竟是人留下的，还是动物留下的？

就在周天思考问题的时候，门口悄然而至一个身影，她站在寝室外，看到王丽的尸体躺在床上，手里拎着的包一下子掉在了地上，心顿时凉了半截。

包掉在地上的声音，引起了周天的注意，他一抬眼便和文琪的目光对视上。

文琪啜泣着，眼泪顺着脸颊往下流，她的脸看上去比前两天清瘦了很多，一脸惊恐之色。

“你……”周天刚要开口问。

文琪抬起脚走进寝室，擦干了脸上的眼泪，坐在床上，问道：“王丽遇害多久了？”

“按照事件推算，差不多二十分钟。”周天看着文琪，想要知道她要做什么。

文琪打开邮箱，想要看看无所不能的“一土”究竟是不是无时无刻都在窥视她，这个人总是能让她处于恐惧之中。她不相信这个世界上，会有这样的人存在！

李玲看着文琪的一举一动，感觉有些头晕，大脑里突然呈现出一张惨白的脸。那张脸愈来愈清晰，她看清楚了，是文琪！可文琪和这些案件有什么关系？

李玲的头越来越沉，最终承受不住房间里的压抑的气息，身体瘫软了下去。幸好周天察觉到了她的反常，一把把她抱在了怀中。

周天给郑筱筠打了一个电话，让她把李玲送进医院。

“啊——救命！”李玲在尖叫声中惊醒，一睁开眼便看到了郑筱筠。

“别害怕，警察在你身边呢！”郑筱筠拉着李玲的手安慰着，她的笑容温暖了李玲的心。

“快！你们去调查文琪！是她，一定是她！”李玲反常地说着，“我看到了，我在自己的意识里看到了文琪，是她害死了王丽！”

“你别着急，你说你在意识里看到的？有什么证据吗？”郑筱筠追问道。

“证据？等有了证据，文琪就逃跑了！”李玲哭了起来，“就是她！把她抓起来，我不想死……”

郑筱筠明白李玲心中的恐惧，既然她提出了对文琪的怀疑，那么不如就顺着她的意调查一下，说不定会有意外发现呢！

李玲随郑筱筠回到了警局进行循例问话。

李玲一遍遍重复着一句话:“我听见文琪的笔记本电脑在说话，从笔记本电脑里传出了夏天的声音，一定是这样！所有的事儿都是她搞出来的！”

郑筱筠认为李玲的精神状态不适合调查，就让李玲回去了。她又给周天打电话，让他直接质问文琪，还有李玲提到的笔记本电脑，或许这个“死物”在证据面前更有话语权。

周天把文琪带回队里，文琪十分配合，没有任何反抗。

直到周天质问文琪，电脑为什么有恐怖声音传出来时，文琪陷入了沉思。

文琪不知道该怎么解释，或许说，她也不清楚夏天的声音为何会在自己的笔记本电脑里，对此她也产生过怀疑，以为这是夏天死后重生！

可周天并不赞同这个观点，一切只能是人为。

“把笔记本电脑留下，你可以走了！不过，最近一段时间不能离开天涯市，随时准备接受我们的调查！”周天整理好笔录，打开文琪的笔记本电脑，对她说道。

文琪点头起身，临走之前，她说了一句：“请不要删我电脑上的文档，它们都是我辛辛苦苦写出来的。”

文琪走后，周天和郑筱筠就开始在办公室里研究笔记本电脑，从表象上来看，除了屏幕上血淋淋的画面外，并没有什么诡异之处。不过，作为一个写悬疑小说的作者来说，用一张诡异的图片当桌面，也十分正常。

郑筱筠找了很久，终于在一个加密文件夹里找到了名为“最新创作小说”的文档，可她却怎么也打不开那个加密文档。

“算啦，这么专业的东西，不如交给专业人士去处理！”周天安慰着郑筱筠，这时他又想到了一个人——谢天亮。

送走了郑筱筠，周天到法医科去找他，他竟然不在。给他打电话，竟然也关机了。

“关键时刻，这小子跑哪儿去了？！”周天自言自语。

（4）

沈凌挺着大肚子把文琪从刑侦队接出来，心里也有一种说不出的沉重感。自从她嫁给文建之后，文琪和她的关系一直很冷淡。起初沈凌认为，文琪需要时间才能接纳她，可已经两年了，她俩的关系依然没有任何改善。

“文琪，回家吧。”沈凌说道。

文琪绷着脸，低着头回应着：“你回去吧，我要去办点儿事儿。”

文琪回到了寝室，她刚推开门就看到李玲双手抱紧双腿，脑袋在墙上撞个不停，看着李玲的举动，她内心着实一痛。

“玲玲……”文琪把李玲抱在了怀里，喃喃地对李玲说，“放心，我一定会把一土找出来！”

“夏天死了，郑琴死了，现在王丽也死了！下一个可能是我或者你，我们的灵魂上都被刻下了‘罪’，是逃不掉的！”李玲靠在文琪的肩头哭喊着，她是那么的绝望，绝望到已经放弃了挣扎的念头。

文琪的心情也十分烦躁，一土已经扰乱了她的正常生活，无论李玲相不相信，她掘地三尺都要把这个人挖出来！

寝室弥漫着一股淡淡的香味，既熟悉又陌生的感觉，让文琪极为不安。她用手指摸了一下脸颊，竟然会有眼泪！她怎么了，是在哭吗？

文琪的意识有些模糊，她转头看向自己怀里的李玲，可一扭头，李玲竟然不见了！

空荡荡的寝室，只有文琪一个人！

那么，她刚才在和谁说话？

李玲又去了哪儿？

李玲是不是真的存在过？

一大堆的问题袭上心头，文琪站起身，跑到走廊里。

寝室的走廊空荡荡的，四周都死寂到了极点，她听到了自己的心跳声。

寝室走廊的中央，端端正正放着一个日记本，文琪走上去拿起来，扉页上写着“夏天”两个字。夏天的日记本？她的遗物不是已经被家人收走了吗？这东西怎么会在这儿？

不过，这东西放在这儿，必定有它存在的道理，说不定和“规则”有关呢？

文琪一心想找出游戏规则后面的一土，日记或许是关键线索！

文琪咬咬牙翻开了夏天的日记本……

（5）

天涯是一座喧嚣的城市，夜晚来临，霓虹四起，将整个城市笼罩在灯火之下。

文琪根据夏天的日记找到了金玉满堂，她刻意打扮得十分妖娆，打算来探个虚实。因为，在夏天的日记里，金玉满堂是她每天都要写的一个重要场所，说不定，会查到不少意想不到的信息。

很少会有单身姑娘来金玉满堂，文琪一走进来，就被徐美丽盯上了。

徐美丽迎上来，主动问道：“哎呀，小美女是来玩儿，还是来找人呀？”

看她的模样，文琪十分肯定，面前的女人就是这里的老板！

“我来找人！”文琪柔声细语地说道，“你认识夏天吗？她是我表姐，好几天没见到她了，我找她有急事儿！”

徐美丽心中一惊，没想到这两天总有人找夏天，那丫头究竟惹了什么麻烦？

徐美丽一边拉着文琪的小手往里走，一边和她唠叨着夏天的事儿。

她俩走到走廊转角的位置，一个醉鬼从里面趔趄着走出来，一下子撞到了文琪身上。文琪一扭头，听到了一个再熟悉的声音：“老沈，你说有些女人是不是无情？！”

“文建，别在这儿耍酒疯。我警告你！那件事儿你别管了，否则，事情败露你我都不会有什么好果子吃。”扶着他的人推搡着文建说道。

文琪一愣，她爸爸怎么会在这儿出现？而他口中说的人是谁？

虽然她一直都对此有怀疑，可真从爸爸口中说出来，心里还是无法接受。

文琪低着头，拉着徐美丽多嘴问道：“我想问一下，我姐在这儿是不是有一个老朋友？”

徐美丽一张嘴，没敢多言，继续和她说着夏天的那些破烂事儿。

而文琪，已经把所有的注意力都集中在了她身后的那两个人身上。

文建借着酒劲儿，咄咄逼人地说道：“你的意思是，当年的事儿算我一个人的过失？要不是你，我也不会失手！现在我们都是一条船上的人，叫你徒弟管好自己，否则，我绝对饶不了他！”

文琪完全听不懂文建口中说的是什么意思，她没等徐美丽说完话，扭头就从金玉满堂跑了出来。

文琪站在金玉满堂门口，给王志军打了一个电话，王志军怕文琪出意外，忙骑着自行车来接她。

当王志军看到文琪惊慌失措的模样，他还以为文琪被人欺负，一脸要去里面找人拼命的模样。文琪看着这个单纯的大男生，心中暖流油然而生，她喜欢这样被人呵护的感觉，至少，这一刻王志军让她感觉到了“爱”的滋味。

文琪拉着王志军的手，靠在他的肩头，心里疲惫地说道：“王志军，带我离开这儿。”

“好咧！”王志军拍了拍后车座，“我永远都是你的骑士，这就送你回家！”

“不，我不回家！”文琪一反常态地拒绝，她还没有想好要怎么面对父亲，更不知道会不会把嫌弃和鄙夷的目光投射到父亲脸上，“随便给我找一个旅馆吧，我不想回家。”

王志军愣了。按照平时文琪的脾气，她不会和自己说这种话，她怎么了？

王志军不敢问，只能幽幽地说道：“琪琪，你是我在这个世界上第二个最在乎的人，我希望你好！”

“谢谢你，虽然咱们分手了，但是你对我还是一如往前。”文琪苦笑着。是啊！两个人都分手了，她还在贪恋着王志军对她的宠爱，如果不是因为文建，文琪真不想和他分开。

文琪坐在自行车上，眼泪打湿了王志军的白衬衫，这一路他们都没有再说过一句话。

夜里2:00，王志军把文琪带回了自己的家。

文琪一进门，便喜欢上了这地方。

这是一个很普通的两室一厅，家里很简陋，摆设也不多，可看上去如此普通的地方，却让人心里温暖不已。文琪在桌子上看到了一张彩色的全家福，三个人脸上都洋溢着幸福的笑容。她渴望自己拥有这样的一个家，而她的那个家，早就支离破碎了……

文琪没有丝毫睡意，失魂落魄地躺在王志军的床上。

王志军打地铺，脸上还带有淡淡的笑容，这是文琪第一次主动来他家，他的心里特别甜。

王志军总觉得，有一天文琪一定会回到他的身边，成为他未来的新娘。

天快亮的时候，门外突然传来哭号声，文琪被吓得一下子从床上坐了起来。

“别害怕！”王志军一咕噜站了起来，“我出去一下，你无论听见什么都不要出来！切记！”

“为什么？”文琪小心翼翼地问道，“外面的人是谁？”

“是……是我妈！”王志军垂下了头，这是让他最自卑的事，“自打我爸手术失败，我妈经受不起打击，疯了……”

文琪看着王志军，她没想到一个表面上如此乐观的人，竟然也会有这么悲怆的故事。

文琪温柔地拉着王志军的手，露出笑容说道：“你去吧！”

王志军走出房间，门外传来一个女人十分凄惨的哭声，那声音就像在黑夜里寻不到出口的孩子。

“呜呜，有人打我……”王志军的母亲拉着他的手哭诉，“他们打我，就这样打我……”

王志军把母亲抱在怀里，心疼地说道：“妈，以后别乱跑了，如果你跑丢了，以后就也见不到我了！”

“不要……不要见不到……我再也不乱走了……” 王志军的母亲唯唯诺诺地靠在儿子的怀里，小声说着。

不知过了多久，文琪已经悄悄站到了门口，看到这感人的一幕，她心里十分震撼。对面前的这个男生又有了新一层的认识，原来在自己的心里，她始终不能把王志军忘掉，因为他是一个真正值得托付终身的人。

王志军一抬头，看到了文琪带着笑意的脸，他错愕不及想说些什么，文琪只是摇了摇头，让他把母亲扶到房间里休息。等王志军再回到房间的时候，文琪已经躺下了，王志军一句话都没有解释，躺在地上，心里十分酸涩。他怕文琪嫌弃他有这样的一个家。

就在王志军心里最难受的时候，一双手摸上了他的后背。

是文琪，她从床上下来，和他躺在了地铺的凉席上，和衣而睡……

第四章　究竟谁才是主谋

（1）

凌晨6:00，天涯大学的校园里，再次响起了警笛声。

周天走到四楼，一眼就看到了蹲在414寝室门口的女生，他走上前询问道："报案人是你？"

女生轻轻地点了点头，说道："没……没错！我……我来和李玲借笔记，一开门……"

周天大致了解了情况，推开了414的门，就看见李玲一动不动地躺在地上。地上的李玲，犹如一朵凋零的玫瑰花，脸上没有任何表情，双眼紧闭。双手搭在大腿两侧，白色的蕾丝裙子满是鲜血。血迹早已凝固成紫褐色，身体僵硬，显然是遇害很久了的迹象。

谢天亮和郑筱筠跟随其后也进了寝室，谢天亮戴上手套，工作起来。

郑筱筠在寝室转了一圈，寻找可能有利用价值的线索。

谢天亮扒开李玲的手，对周天说道："周队，录音笔。"

周天接过录音笔，按下开始键，李玲的声音从里面传了出来："是文琪！是她害了我，她就是害了所有人的主谋！"

周天眉头紧锁，这究竟是怎么回事？连环犯罪，已经升级到入室谋杀？

周天把录音笔交给郑筱筠，希望回去之后，能在录音笔里找到其他线索。

郑筱筠在一旁把玩着，突然说道："这玩意儿是限量版！能用这东西的学生肯定很有钱！"

郑筱筠的一句话，使得周天猛然想起文琪是整个寝室家境最好的学生。

"据尸僵程度来看，死亡已经超过 12 小时了！"谢天亮一句话重新把周天拉回到现实。

什么？12 个小时，这让周天惊讶不已。

周天对谢天亮道："亮子，你回局里做个详细解剖，我需要知道细节！"

谢天亮连同几个同事把李玲的尸体抬出寝室，离开时还提醒道："周天，回头请我去金玉满堂啊！"

周天嘴角抽动了一下，没想到谢天亮这人一点儿都没变！

（2）

谢天亮走后，郑筱筠拿着录音笔和周天研究着，她问周天道：“你说，什么样的家庭才能连一个录音笔都用限量版？”

“我认为……”周天的话音未落，一个人影出现在414门前。

“你凭什么动我的东西？”文琪跑进了寝室，一把抢过郑筱筠手里的录音笔，“作为一名人民警察，你难道不知道这已经侵犯了别人的隐私吗？！”

“你现在已经是嫌疑人，还有权力和我谈隐私？”周天用十分低沉的声音说，“你笔记本电脑里《异形人》的小说，和被害者的遇难手法一模一样！你难道不准备解释一下吗？你应该庆幸我大发慈悲没有逮捕你！”

“笑话！”文琪没有丝毫慌乱，“天涯大学的学生都知道我是一个推理小说的作者，单凭小说的桥段和现实巧合，你就想要逮捕我？而且，我有不在场证明，你要怀疑我，先拿出有力的证据再说！”

其实，周天一直都在怀疑文琪。

从最初文琪看到夏天的尸体时，波澜不惊的眼神，沉着冷静的态度，如果她是幕后指挥，那么周天只能说她隐藏得不够周全。周天的心中也十分清楚，文琪有不在场证明，这种怀疑，仅仅建立在她或许跟凶手有关系的基础之上。

“好，你昨晚在什么地方？”周天冷着脸问道。

“昨晚，我在我男友王志军家，还需要多解释吗？要我把王志军叫来对质？”文琪一肚子怨气，她紧握着那只录音笔，心疼得要命。

周天看到文琪的表情，她的确生气了，或许是因为她太在意这只录音笔吧？看到她一脸气愤的模样，周天终于忍不住说出了口：“你别剑拔弩张针对我，我也是为了调查案件！对于李玲的死，我们会进一步分析，争取早点儿抓到凶手！”

“什么？李玲遇害了！”文琪听到这消息，脑袋嗡嗡作响，“怎么可能……昨晚我走的时候，她还……”

而实际上，文琪也不确定李玲昨天究竟是不是还活着。

她整晚都在浑浑噩噩中度过，对于脑海中呈现出来的场景，她无法确定真假……

“对不起，刚才我不知道……”文琪的气势一下子弱了下来，她又看了看手中的录音笔，“难道录音笔和案子有关系？”

周天点了点头，把录音放了一遍后，对文琪说：“整件事儿就是这样，也希望你能配合工作，把它交给我。”

作为证物，文琪无可厚非要把录音笔交给他，她忍不住多问了一句：“李玲的死，你有没有问问别人？或许，有什么隐情也说不定！又或者，她的死和连环案无关呢？”

周天能听出来，文琪话里有话，似乎这里头还有说不出的隐情。

周天故意探口风问道：“其实我调查到了一些关于夏天的事儿，知道她在金玉满堂做兼职。对于她个人的行为，我不予以评论，不过从老板徐某的口中确认，她在金玉满堂认识了一个老板，我也见过，名字和你很像，说不定你还认识呢！”

文琪心中一紧，名字很像？什么意思？

“谁？”文琪低下了头，气若游丝地问道。

“文建。”周天回应道，“是一个制药公司的老总，狡猾得像只老狐狸。”

不可能！怎么可能呢？文琪不愿接受这个事实。弄了半天，结果却是……文琪的大脑就在一瞬间炸开，她揉着生疼的头，心中的愤恨一下子全部爆发出来，没想到和她以姐妹相称的人，竟然是破坏她幸福家庭的人！

文琪稳定了一下情绪，不能暴露自己的情绪，她扭转过头问：“怎么可能……虽然我也听到过外面的风言风语，但我也只是怀疑有人在故意造谣！”

“造谣？”周天一挑眉梢，果真有隐情呢，“谁在造谣？”

“郑琴说过，可郑琴和寝室里的人关系都不好，也没人把这事儿放在心上。”文琪坐了下来，继续说道，“她俩的争斗都是因为一个人——赵伟。郑琴和夏天都喜欢他，赵伟最终选择和性格温婉的夏天，完全不理会郑琴对他的爱慕，由此两个人结下梁子……不过其他事情，我就不太了解了。”

周天对这个案子越来越感兴趣了，没想到在大学的校园里，竟然还会出现这样狗血的剧情？为了一个男生，两个女生斗个你死我活？不过，这件事和另外两个死者又有什么关联？

周天捏着手里的录音笔，想了许久后还给了文琪，他临走的时候对文琪说了一句："如果有任何问题尽快联系我！这个寝室被人盯上了，说不定下一个就是你！"

"下一个，就是你！"

这几个字深深地刻在文琪的脑海中。

周天前脚才走出女生寝室楼，文琪后脚便走了出去，她一定要把一土挖出来，这个人究竟躲藏在哪儿呢？

(3)

下楼后，周天直奔生物系，他需要找到赵伟的老师，了解一下他的情况。

张昂是赵伟的指导老师，对于张昂来说，他很是偏爱赵伟这个学生。当周天找到张昂时，他正戴着手套做实验。这个身材瘦弱、戴着一副小眼镜的老师引起了周天的注意。

周天并没有和他多废话，直奔主题说道："您好，我是天涯市公安局的刑侦一队队长周天，想和你了解一下关于死者赵伟的情况。"

"对于赵伟的遇害，我非常痛惜！"张昂摸着手上的黑色手套，然后扶了扶眼镜，"本来我们不能对外透露这件事儿，因为这是我们的一个科研项目，无意间有一个重要发现！不过，为了配合调查赵伟遇害，我可以破例和你说一下原委！"

"好，麻烦你把赵伟在学校的情况详细说一下！"周天拿出本子，准备开始记录。

张昂刚要提到赵伟的个人隐私问题，一个男生突然闯门进来，慌张地说：“张教授，不好了！液体不见了！”

“什么？！”张昂一脸惊异的表情，“孙林，你是怎么办事的？！”

张昂顾不得来调查案情的周天，立刻往4楼的实验室冲去。

孙林跟在张昂身后解释：“我的钥匙在身上，不知道实验室的门怎么就被人打开了！”

在只言片语中，周天发现张昂有些不对劲儿，他刚刚提到的科研项目，和孙林口中说的液体究竟是怎么回事？周天眼看着张昂和孙林离开，生怕发生意外，也不顾一切追了上去。

4楼静悄悄的，没有声音，靠楼梯的第一扇门虚掩着。

周天悄然走过去，微微推开那扇门，只见张昂躺在地上，十分诡异的表情，脖子上有清晰的抓痕！鲜血流了一地。

周天这才明白过来，这是杀人灭口。突然从他的身后传来脚步声，周天向后一看，是他不认识的王志军。王志军看着躺在地上的张昂，精神失控地对周天惊声尖叫着：“是你！是你害死了张教授！是你——”

王志军一步步向后退，周天想拉住他解释，他完全不顾周天的感受，大喊着跑下楼去。孙林似乎听到了王志军的喊叫声，从另外一个房间走出来，当他看到躺在地上的张昂，也像见到鬼一样，崩溃地向楼下跑去！

周天摸出手机，拨了一个电话：“亮子，天涯大学又有人遇害了，案发现场在生物系4楼实验室，你带兄弟们过来！”

从目前的状况来看，周天认为张昂的死一定和赵伟的有着千丝万缕的关系。他步入实验室，一眼就看到地上有亮晶晶的东西，他小心翼翼地把颗粒晶状体夹起，放入证物袋。说不定，这就是很重要的线索！

刑侦一队的人从队里出发，他们的车才刚刚驶出来，一辆车便尾随其后……

（4）

谢天亮从事法医行业多年，尸案现场处理过无数次，却第一次见到这种场景，这让原本素雅的实验室变成了炼狱。

孙林和王志军被警察从楼下带上来后，他们一起指认看到周天害死了张昂。

周天被两名学生指认是害死张昂的凶手。

郑筱筠一出现，心中就有说不出的火，她看到周天第一反应就是上前骂他："你傻啊？这摆明是有人设好了套，让你往里头跳！难道你就没和他们解释一下？"

周天一脸无奈地笑着摇摇头，把发现的证物袋偷偷塞到郑筱筠的手里，低声对她说道："这是我偷偷发现的，现在我只相信你！"

周天被指认为凶手，按照惯例当场没收了他的配枪，并且无条件配合调查工作。

张昂的尸体被警察装上了车，郑筱筠留下给他们分别做笔录。

郑筱筠把一名学生带到旁边的教室，坐下来询问："姓名，年龄，与死者关系？”

男生低着头，惊慌的眼神依然没有平静，结结巴巴地说：“王……王志军，22岁，我是张教授的学生。”

“交代一下，你是怎么发现周天害死张昂的？”郑筱筠紧皱眉头。

“张教授上午给我打电话，让我来实验室做实验，我推开门就看到周天站在门口，张教授躺在血泊中，死了……”王志军如实交代。

“嗯，你与另外一个同学认识吗？他与教授是什么关系？”

“孙林？哦……他是教授的得意门生，帮忙管理实验室。”这时王志军抬起头，心中的恐惧似乎少了许多，“除了教授之外，只有他才有实验室的钥匙，如果我要做实验，要得到教授的同意，然后去他那取钥匙……”

“好，你可以出去了，让孙林进来。”郑筱筠整理好笔记，打算再问问孙林。

孙林走进来，脸上的泪痕还没擦干，看上去比王志军更悲伤，毕竟自己的授业恩师死了。

郑筱筠示意让他坐下，问道：“说说，你是怎么发现周天害死张教授的。”

“我……我……”孙林迟疑了一下，吸了吸鼻子，“今天实验室丢了东西，我下楼去找教授说明情况，恰逢周天和张教授在聊天，可能是我打破了他们之间的谈话，张教授着急拉着我往楼上查看情况，没有理睬周天的存在。我们到了4楼之后，张教授让我去另外几个实验室找找，看看是不是不小心被别人带到了其他实验室，而等我从别的实验室回到401的时候，就看到周天已经在门口，而……而张教授已经遇害……”

郑筱筠心中一阵恶寒，所有的人证都指向周天，证词对他十分不利。不过，好在两个人都没有直接看到周天拿着凶器犯案杀人。当然，郑筱筠十分肯定，这件事不是周天做的！

送走了两个证人，郑筱筠整理好所有的笔记。

晚上21:00，夜色已黑，郑筱筠回到了单位职工宿舍，她脑海中一直盘旋着周天白天时候错愕的表情。谁害死了张教授？又是怎么毫无痕迹地逃离现场？他的死，和连环案究竟有没有关系？

所有的问题袭上心头，让郑筱筠特别头疼。

这时，响起一阵敲门声。透过门镜，郑筱筠看到周天憔悴的模样，她一开门，周天把她抱进怀中。

“筱筠！”周天声音颤抖着，“筱筠，我现在只相信你！一定帮我！”

郑筱筠的身体微微轻颤抖着，她喜欢周天已经很久了，没想到在这关键时刻，周天对她如此信任！郑筱筠任凭周天这样抱着，她靠在他的肩头，听着周天说话。

“我已经感觉到了，这件事儿并没那么简单！这是一个巨大的阴谋！”周天十分肯定，“我已经被牵扯其中，所以现在只能靠你找出真相了！”

“嗯！”郑筱筠点着头，“我一定不辜负你的期望！”

这时，一个十分熟悉的声音从周天背后响起。

“咳咳，我好像不应该来！”谢天亮贼笑着说道。

周天和郑筱筠尴尬地松开了手，两个人直勾勾盯着谢天亮。

谢天亮一本正经地晃着手里的文件，说道：“要不要先讨论下案情？等我走了，你俩继续……”

“谢天亮，闭嘴！”周天不想再从别人口中多听到一个贬低郑筱筠的字，“有话快说！”

这次，谢天亮没再和周天打哈哈，直截了当地说道：“你放心，虽然案子转接给郑筱筠接手，我也一定会配合好她的工作！这不，我给她送报告来了！”

郑筱筠一把抢过报告，仔细地看了起来，周天也凑上来瞄了两眼。

“磷？”郑筱筠发出疑问，“什么意思？”

“死者李玲体内含有大量的磷，比砒霜还要毒百倍！这种物质是要通过排汗来从体内排出，服下后不活动的话，很快毙命！”谢天亮解释道。

“她是中毒身亡？”郑筱筠的眉头紧皱，这表情和周天如出一辙！

“没错。”谢天亮笑着回应，“不过，张昂的事儿很蹊跷！有人故意让你停职，很可能是因为你快要接近真相了！”

周天眯缝着眼睛，宠溺地看着郑筱筠，一脸不屑地说：“我不怕！我还有你，还有我……我媳妇！”

“媳妇？”郑筱筠狠狠地瞪了他一眼，“我可没答应嫁给你呢！”

“行了，你俩继续，我走了！”谢天亮果然不适合出现，无意间打扰了两个人的甜蜜。

谢天亮从外面把门给关上，悄悄地消失在职工宿舍走廊尽头……

谢天亮走后，郑筱筠拿出一张纸，给周天画了一张关于这几起案件的人物关系图。

首先是两名被害者夏天和赵伟，绿色液体第一次出现。夏天和文建有特殊关系，赵伟是张昂的得意学生。同样死于沙地上的人，还有管理员罗丽红和郑琴。仅有王丽和李玲死亡地点不同。张昂被害手法又和前面的案子极其相似，可列为同一案件处理。414寝室，现在仅剩下文琪没有被害。

当郑筱筠画出这些人物关系图时，周天愣了一下，他指着文琪的名字问道：“你怀疑文琪有问题？”

“不错，因为所有的事儿都与她有关。”郑筱筠顿了顿，继续说，“而且，最困扰我的还是神秘的绿色液体。”

“听你这么一说，我想起白天张教授说过一句话！他说，他们正在研究一项新的科研项目！上次谢天亮做实验时，他发现绿色物质与狼的DNA高度吻合！你说，张教授说的物质，会不会指的就是‘它’呢？”周天紧皱眉头，摸着下巴开始思考起来。

没错，周天看过文琪笔记本电脑里的《异形人》后，对她产生过怀疑，可一直没能找到证据！

郑筱筠看到周天紧张的模样，她拉着周天的手，抚慰道：“周天，放心！我一定帮你调查出真相！”

周天紧张的神情缓解少许，微微一笑，点了点头。

深夜，文琪躺在家里床上，泪水慢慢涌出眼角，喉咙根本无法发声。

恐惧随着黑夜降临，也同样来到文琪身边。她仰起头看着天花板，脑子里闪过室友们亲切的脸，她不禁打了一个寒战，恐惧肆意蔓延。文琪的脑海中，突然又响起了夏天的声音，她再也忍受不住内心的惧怕。

文琪拿起手机，给王志军发了一条短信。

“王志军，我好怕，好怕下一个是我……”

信息发过去后，王志军一直没有给文琪回复。

文琪在无尽的黑暗中等待，闭上眼睛，她感到一股力量掐着自己的脖子，一种钻心的疼痛感向大脑袭来。她好像在黑暗中看到一双炽热的目光在暗处窥视着她。

“哦……救……”文琪的喉咙发出声音，却怎么都喊不出来。

就在文琪绝望的时候，手机铃声突然响起，她猛然睁开眼睛，接起电话。

“王志军，救救我！救救我！”文琪在求助，她已经无力再面对这种无尽的恐惧。

但是电话另外一边并没传出王志军的声音，而是传来了一阵恐怖的声音：“文琪，你出卖了我，这一切都是你的错！”

文琪扔掉手机，捂住嘴巴，跑出房间。

她坐在客厅里，把所有的灯全部打开，想用所有的光明来驱赶恐惧。

惊魂未定的文琪，一回头看到一个人影从楼梯上一闪而过，她惊慌失措地问道：“谁？”

“琪琪，怎么了？”是沈凌的声音，她挺着大肚子缓缓地从楼上走下来，“怎么还不睡，明天不去学校吗？”

文琪看到是她，随便撒了个谎，说道：“这几天我们系放长假，暂时不用去学校。”

“哦……”沈凌看到文琪冷漠的态度，没继续多问，缓了缓，又向自己的房间走去。

（5）

文琪情绪稳定下来后，再次回到卧室，打开从警察那里取回的笔记本电脑。

这阵子，她一直被案件缠绕，已经很久没有写稿子了，既然夜不能寐，就把没完成的《异形人》写完好了。她在被隐藏的文档里寻找加密文件，却发现那篇稿子竟然从电脑里不翼而飞了！

就在文琪准备打电话求助的时候，电脑里又传出了夏天的声音：“文琪，我要让你不得好死！”

文琪被吓得大哭起来，她不断地哀求道：“夏天，你要怎么样才肯放过我？你遇害真的与我无关。”

“与你无关？”冷冰冰的声音从电脑里传出来，“你是文建的女儿，而我是被文建折磨致死！所以，父债女偿！”

“我爸？”文琪猛然想到夏天做的那些勾当，“你……你究竟想怎么样？”

“我恨他，恨那个可恶的家伙！别看我在学校表现得很有钱，其实我很穷，为了满足虚荣心，我唯有去金玉满堂做兼职。在那里我遇到了文建！”夏天的恨意透过电脑屏幕传达进文琪的耳朵，“他是一个不折不扣的浑蛋！我治不了他，只能折磨你！”

“不！不！”虽然文琪不是很肯定，但她知道父亲不是坏人，“我不相信，不相信我爸会对你怎样，虽然他在家冰冷，可至少不是个坏人！”

“哈哈……不是坏人？你被他蒙骗了二十几年！难道你不知道他在经商背地里的那些肮脏事？谁会相信！制药能赚那么多钱？他在做人体实验！”

“什么？”听到这个消息，文琪十分震惊，“怎么可能！我爸的事情和‘规则’有什么关系？我也被选中了，我也是‘规则’里的一员！如果幕后之人真是他，他不会把我也列在其中！”

“哈哈……你会下来陪我的！因为我是死于贪婪，而你的灵魂上也被刻下了一宗罪！”电脑里发出怪声，“除非……除非你按照我说的做！我就想办法救你！”

文琪小声地问：“怎么做？”

“想办法让文建身败名裂！”

简单的一句话，却把文琪惊住了。

“如果你不配合我，下一个消失的人就是你！”

“可……可是……”文琪的内心十分纠结！

尽管文琪对她爸爸文建有万分恨意，可从来都没想过要害他啊！

“记住，我一直都在看着你！”话音刚落，漆黑的屏幕又恢复到了正常桌面。

文琪身上的力量好像被人抽干了，完全瘫软在床上，笔记本电脑被她扔在一旁。她无法想象，文建和夏天做了什么勾当，还有夏天说的复仇，她究竟要怎么样？

文琪揉着疼痛不已的头，靠在床上。

电话铃声突然响起，把她又吓了一跳。

文琪看了一眼，是王志军。

刚刚的电话已经让她恐惧不已，这一次她不知道夏天又要搞什么名堂。她小心翼翼地接起电话，这时从听筒里传出王志军的声音：“琪琪，刚刚我去找我妈了，没带手机，你有事儿吗？”

刚才究竟是谁给她打的电话呢？

文琪手一抖，手机掉在了床上。她再次捡起手机，只和王志军寒暄了几句，便挂断了电话。

疲惫的她，不久陷入了梦境中。

而电话另一端的王志军挂断电话后，露出古怪笑容，他徐徐说道：“我没错，一直没错……”

早上8:00，刑侦大队附近的面馆。

三个人吃着早餐，讨论着案情。

周天想到昨天从现场找到的晶体，问道：“筱筠，我给你的那个晶状固体呢？”

郑筱筠指着谢天亮说：“在他那儿。”

“那种物质是防腐剂，放到容易挥发的液体或者药粉中，可让其不易挥发！案发现场是实验室，有防腐剂不足为奇。张昂的脖子上并无指纹痕迹，有明显的刮痕，这种刮痕有点儿像……像猫爪子挠上去的那种！”谢天亮一点一点解释昨天的发现。

“猫挠的？张昂的死和猫有什么关系？”周天放下碗筷，仔细询问。

“不不不！我不确定和猫有没有关系，不过张昂脖子是被活活捏碎的！我把张昂脖子上的抓痕和之前遇害者的抓痕进行对比，完全吻合，应当是出自一个人之手！”谢天亮果然不负周天期望，把他想要了解的都说了出来。

“教学楼里应该会有监控，我们去调查一下！”郑筱筠参与进来。

“这个不用了！”谢天亮顿了一下，“昨天小张在第一时间去过了，生物系的监控坏掉了，根本没有录像可看！”

线索再一次中断，让周天陷入了沉思。

郑筱筠紧握着周天的手，柔声细语地安慰道：“放心，会有突破口的！”

周天抬起头看着郑筱筠俏丽的脸，心中依然不能平静，这件事要赶快解决！

谢天亮吃完早餐，看到两个人还有甜蜜的话要说，就先溜了。谢天亮走后，周天抓紧郑筱筠的手，郑重其事地说：“我对文琪还有怀疑，我去跟踪她，你办案要小心！”

“嗯，放心吧！”郑筱筠抿着嘴，“我相信你一定可以！我们分头行动，我打算去查一下昨天的两个学生——王志军和孙林。”

早晨，文琪被手机铃声吵醒，接起电话，她听到王志军的声音：“我现在去找你，半小时后见。”

挂断电话，文琪洗漱一番，早餐都顾不上吃，便出了门。她迫不及待想见到王志军，昨晚的事情，到现在还心有余悸。

半小时后，王志军准时出现在文琪面前，文琪跳上自行车后座，紧紧揽着王志军的腰，唯恐王志军下一秒钟就会消失。

文琪心有余悸地说道：“答应我，不要离开我！”

“傻姑娘，说什么呢！”王志军摸了摸文琪的手，宠溺地说着，“有我在，不会有人伤害你！”

第五章　刻在灵魂上的罪

（1）

奶茶店，8 号桌。

文琪和王志军对面而坐，王志军见文琪一副心不在焉的样子，揉了揉她的头发，问道：“你怎么了？”

“啊？”文琪愣了一下，微微一笑，低头喝着奶茶。

“你最近遇到什么事儿了？怎么像惊弓之鸟？”王志军觉得文琪越来越奇怪了，这已经不像他认识的那个敢爱敢恨的女生了。

“我……”文琪低着头，她怕窥视她的一土，怕她把秘密泄露后，会遭到报应。

“无论发生什么事儿，我都会在你身边！告诉我，好吗？”王志军语气中全都是宠爱，他不想让文琪一直担惊受怕，他要为文琪分担忧愁。

文琪想了很久，终于还是忍不住压低声音说出来："是我害了夏天，你信吗？都是因为那个'规则'，隐藏在幕后的'一土'害了大家，而我也是规则里的一员。为此，我要付出代价！"

"你害死了夏天？'规则'和'一土'是什么？"王志军被文琪的话弄糊涂了。

"夏天，她跟我爸有种特殊关系！她曾对我说，她的灵魂上被刻下了七宗罪里的贪婪，而所谓的'规则'就是大家的灵魂上都刻了罪，只要有罪的人就会付出代价，我也是被安排进这次规则的一员！而在幕后的'一土'就是操纵者！"文琪一句一句解释道，"虽然我没有直接害死夏天，可也算间接害死她的人……"

王志军拧紧眉头，对文琪说的话有些不敢相信。

"你懂吗？能明白我心中的恐惧吗？你觉得一切都是我杜撰出来的？"文琪害怕地质问着，王志军向后靠了一下，文琪马上拉住王志军的手，"你要相信我，相信我！我没有骗你！七宗罪是真的！"

"我相信，七宗罪确有其事。"王志军叹了一口气，握紧文琪冰冷的手，"七宗罪，来源于13世纪道明会神父圣多玛斯·阿奎纳列举的各种恶行表现。天主教教义由希腊神学修道士庞义伐草撰出七种损害个人灵性的恶行，分别为饕餮、淫欲、贪婪、傲慢、愤怒、懒惰与嫉妒。但丁在《神曲》里根据恶行的严重性分别排列出来的七宗罪，但丁的观点是每个人的灵魂深处都存在罪，无一例外。"

文琪抿着嘴，听王志军讲述，她还真没有考证过七宗罪的来源和出处，不过这和一土来害死大家究竟有什么关系？

王志军看着文琪的模样，心疼得要命。他半开玩笑地对文琪说道："我一会儿要去实验室做实验，你要不要跟我一起去？"

"不去了！"文琪有些困惑地说，"你自己去做实验吧！"

"那好吧！我去结账！"王志军离开8号桌。

文琪垂下头继续喝着奶茶，可她的心中还在回想昨晚的事情，心有余悸。

王志军结完账之后，牵着文琪的手，离开了奶茶店，而两人一直都没有察觉到，在他们的身后一直有个行为诡异的男人跟随其后。

方才王志军和文琪的谈话，一字不漏地被周天记了下来，他距离真相又近了一步。

周天跟紧了两个人，却没料到走到学校之后，两个人分道扬镳了。

周天决定继续跟踪文琪，王志军就让郑筱筠去搞定吧。

周天跟在文琪身后，发现了文琪有很多不为人知的事情，就在周天正得意的时候，手机响了。周天看到那个熟悉的电话号码，还有被他更名为"媳妇"的人，脸上露出了笑意。

周天接起电话，调侃道："媳妇，我这个百分百好老公随时接受领导检查！"

"你……周天，你太贫了！"郑筱筠嘴上虽然没承认，可心里早都乐开了花儿，"我和你分享一个很奇怪的信息。"

"好！"周天马上端正了自己的态度，"聆听老婆大人训话！"

“我感觉王志军有问题！我在学校实验室蹲守，看到王志军从实验室出来后来到一个屠宰场，王志军把一袋东西交给了一个戴墨镜的高个子男人。然后，王志军马上赶回学校实验室。”

“嗯？”周天眉头紧锁，对于王志军他也要提高警惕，“你先回去吧，不要跟着王志军了！”

“不行……我……”

“听话，我怕你有危险！”周天心里一沉，“放心，我被停职了不假，但我会用我自己的方法找到证据！”

周天躲起来和郑筱筠打电话的工夫，文琪已经从他的眼皮子底下溜走了！

“糟了，人跟丢了！”周天挂了电话暗道。

在茫茫人海中，再想要找到文琪，难度很高。

就在周天犯愁的时候，电话不合时宜地再次响起，他低头一看，是个陌生号码。

“你好！”周天接起电话问道。

电话另外一端响起一个熟悉的声音：“周天，还记得我吗？”

这是周天一辈子都不会忘的声音，他心中惊喜万分，高兴地说道：“连成？”

“兄弟就是兄弟，没忘就好！”赵连成在电话另一端露出笑脸，“五年没见了，出来和我聚聚吧！”

赵连成和周天是老搭档，他对法医与生物研究有着独特的见解，而且推理侦破能力超高，在很大程度上比周天高一截。可是不知道什么原因，赵连成失踪了五年……

既然找不到文琪，不如和老朋友聚聚！周天一口答应了赵连成，赶往他们将要相聚的金玉满堂。

还没等到周天到达金玉满堂大门口，远远就看到了赵连成站在门口等他，这个老朋友果然对自己十分重视！

“周天，我太想你了！”周天下车后，赵连成主动给他一个拥抱。

而站在赵连成的身后还有一个女人——徐美丽。

“来，我给你介绍一下，这是我老婆，也是金玉满堂的负责人，徐美丽。”赵连成拉过徐美丽给周天介绍着。

周天眉头紧皱，赵连成什么时候结婚了？怎么会和徐美丽扯上关系？

赵连成拉过周天，说道：“兄弟，我知道你和美丽之间有误会，来，咱哥俩儿进去慢慢说！”

赵连成拉着周天步入金玉满堂。

（2）

文琪来到远郊的墓园，跪在母亲墓碑前，呜咽着说：“妈，我该怎么办？”

最近接二连三发生的诡异事件，让文琪的心太乱如麻。难道真的像夏天所说的那样，自己快要死了吗？

文琪的眼泪簌簌地往下落，眼睛哭肿了，妆也花了。

原本是跪在地上的她，现在完全坐在了地上，身体毫无力气。

“别哭了……”一个男人的声音从文琪的身后响起，原来是她的父亲文建，“你妈妈看到你这个样子，会心疼的！这些年，我一直都想她，所以才努力赚钱，只为给你更好的生活！如果不是我，她……”

“你不配！”文琪猛然从地上爬起来，指着文建的鼻子吼道，“你这个虚伪的男人，你滚啊！我妈的坟不用你来祭拜！”

若是在以前，文建用这种语气忏悔，或许文琪还会相信。可自从她知道了文建那么多龌龊事之后，她再也不信了！每当文建说一句关于思念的话，她都会觉得恶心！她愤怒地看着文建，仿佛看穿了他心灵深处肮脏的灵魂。

“我知道，因为我忙，所以忽视了对你的爱，可我已经极力在做弥补了！我不奢求你会原谅我，但至少……”文建开始为自己狡辩。

“呸！你配说爱我吗？”文琪恶狠狠地瞪着他，“别以为我不知道……我恨你！”

“啪！”一记响亮的耳光打在文琪的脸上。

文琪狂笑道：“你打！有本事你在我妈墓前打死我！”

文建气得转身离开，心中的怒火中烧。

文琪跪在黄嘉丽的墓碑前道：“妈，你看这才是他的真面目，你看清了？”

离开墓地后，文建约上沈教授一起来到金玉满堂。

文建轻车熟路地到了包房里，不等他发话，已经有服务员端上酒水来。

文建端起杯子，问道："老沈，你也来点儿？"

沈教授举起手中的酒杯，示意文建。

徐美丽听说文建来了，忙到包房里打个招呼。

文建看到徐美丽走进来，他从口袋里掏出一沓钱塞进她的怀里，醉醺醺地说道："去，拿最好的酒给沈教授喝！"

徐美丽看到钱，一咧嘴笑了，她摇摇晃晃地向门外走去。

文建起身打算去厕所，他回头对沈教授说道："等我，回来继续喝！"

沈教授看着文建离开包房，他把一杯酒干下肚。

挨着文建的包房里，周天和赵连成在叙旧。

"兄弟，你这几年干啥去了？我以为你……"周天鼻子一酸，"以为你挂了呢！"

"狗嘴里吐不出象牙！"赵连成推搡了周天一把，"我这么英明神武的人，怎么能说死就死呢！"

徐美丽推开门走了进来，见两个人聊得正欢，也参与到其中。

她给周天倒了一杯酒，缓缓说道："其实，上次周队来我们这儿调查，连成就看到你了，只不过他没有露面！我和连成说起夏天死了的事儿，他不放心，还是让我把原委和你交代清楚比较好。"

"洗耳恭听。"周天并没有喝酒，靠在沙发上聆听。

"我记不清是多久之前的事儿了，有一次，沈教授带着文建来我们这儿玩儿，无意间看上了夏天，两个人因此走得很近。"徐美丽说道。

这些事情周天早都已经调查清楚了，不过他刚刚说的沈教授，难道就是在天涯大学遇见的教授吗？周天不敢肯定。

周天谢过了徐美丽，让她去忙，他想和赵连成说点儿私密话。

徐美丽出门后，周天提出了一个不情之请：“连成，你跟我走一趟，协助我查一宗特别棘手的连环命案！”

“嗯，这个嘛，我要考虑考虑！”赵连成一副市侩的模样看着周天，“我的出场费很贵呢！”

“啊？”周天翻着兜，凑来凑去也只有几十块钱，“喏，这是我所有家当，都给你好了！”

赵连成哈哈大笑起来，说：“帮兄弟永远义不容辞！”

赵连成拉着周天走出包房，恰逢沈教授也从包房走出来，他眼看着二人从大门口走出去……

谢天亮埋头钻研绿色液体。

自从出现第一起案件后，他对这种物质就产生了浓厚的兴趣。绿色的液体碰到血液后便会改变结构，而且没有染上血液的绿色液体，结构却和狼的DNA高度吻合！这绝对是新物种的发现！

谢天亮拿着昨天周天弄回来的晶状固体，不断地做实验，想要从这里面发现蛛丝马迹。他不断地加入各种实验试剂，不过都是徒劳。昨晚，谢天亮将绿色液体注入小白鼠体内，小白鼠在二十小时后，七孔流血暴毙而亡！

谢天亮长吁一口气，坐在椅子上发呆，究竟案件和绿色物质之间有什么密切联系呢？

就在他百思不得其解时，周天推门走了进来，跟在他身后的还有赵连成。

晚自习下课后，女生纷纷回寝室，王志军站在女生寝室楼下，盯着络绎不绝的人群，生怕错过了文琪。

文琪穿过人群，带着笑意走到王志军身边，她抿嘴问道："你怎么来了？"

"我担心你！"王志军不顾周围人异样的目光，拉着文琪的手，"你今天早上的状态特别不好，我怕你出事儿！"

文琪挣脱开王志军的手，她突然觉得这两天自己对他特别不公平，他们毕竟已经分手了。

"王志军，这段时间谢谢你一直陪着我！但我不应该把你也卷入迷局里。所以，让我一个人去面对一土吧！"文琪想一次性把话说清楚，再也不要和王志军拖拖拉拉了。

王志军眉头一动，他忙上前要抓住文琪的手，却被她躲开了。

王志军解释道："我说过，我想保护你，让你不受伤害，我愿永远做你的护花使者！"

放在以前，文琪一定会为了王志军的这番话扑进他的怀中，可现在的自己太危险了！

"王志军，真的很感谢你。不过，有些事情是要我独自面对，我们以后还是不要见面了……"文琪说出这番话时，她的心也在滴血，却不能因为自己的感情，耽误了王志军的大好前程。

文琪转身向女生寝室楼走去，王志军看着她的背影，再也无法控制激动的情绪。他飞快地奔跑过去，义无反顾地抱着文琪，歇斯底里地喊道："我爱你，我真的爱你！文琪，你不要离开我！"

"对不起，这一次真的太危险……"文琪挣脱开王志军的怀抱，步步艰难地向大门走去，可眼泪已经布满脸颊。

王志军明白了，文琪是怕一土会危及自己的性命，她正是因为在乎，所以才要挣脱开温暖的怀抱！王志军被文琪的温情所感动，原来自己一直都在她心中，从来没有离开过。

看着文琪消失的身影，他暗自说道："文琪，你会是我的妻子，我这辈子最爱的女人！"

王志军为了实现自己的梦想，转身回寝室取了一些东西，打算回家继续研究。

他到家楼下后，没有直接回家，而是钻进了附近的网吧。黑色交易可以让人迅速发家，他坚信只要有钱，文琪总会回到自己的身边……

文琪回到寝室后，收拾好要带回家的东西，下楼看到父亲的车已经停在寝室楼外。

她上车后，就听到文建冷冷的声音问道："刚才的男生是谁？"

想到文建白天在妈妈墓前的表现，文琪故意说道："我男朋友！"

两个人陷入了沉默，文建开着车，脑子里却想起了一个人来。

（3）

"许多年前，我听部队里的一些老人提起过这绿色液体。"赵连成拿起试管里的液体摇晃了一下，对谢天亮解释着，"日本人一直致力于研究病毒武器，拥有特别厉害的生化部队。起初是依靠原有的病毒在动物身上进行移植和实验，然后才开始在人的身上做实验，将人的DNA强行改变，造成了不可估量的生化危机！”

“生化危机？”谢天亮忍不住道出心中疑惑，“老兄，饭可以乱吃，话不能乱说，凡事儿要讲求证据！”

“我早就料到你会这么说！”赵连成从裤兜里摸出一张泛黄的纸，递到谢天亮和周天面前，“我特意查了当年日本生化部队用活人做实验时，不少日本人意外感染了病毒。体内的DNA完全变异，有的在一夜之间死亡，有的可能存活至今，没有人能够解释这到底是怎么回事儿！”

“啊？”谢天亮瞪大了眼睛，一副不相信的样子，“鲜血？永生？那不是和异形人一样吗？！”

“嗯，据少量资料记载和坊间传闻，当年是真有日本人在深夜变成了异形人，到处吸食血液。”赵连成抿嘴说道，“所以，这种东西真的很难解释清楚！”

周天和谢天亮愣在原地半晌说不出话来，很显然，赵连成带来的消息过于劲爆！

“赵连成，我给你看一个有意思的东西！”谢天亮说着，拿出一只体形特大号的小白鼠。

赵连成指着小白鼠，诧异地问道：“它注射了绿色液体？”

“没错，而且是两种不同结构的绿色液体！我发现沾染了女性血液的绿色液体，与原本的绿色液体有着质的不同。我用两只小白鼠做实验，一只七孔流血而亡，另外一只就是现在这副模样！”谢天亮指着小白鼠说道。

“看来，必须查出这种绿色液体，否则危害将不可估量！”周天补充道。

赵连成记得有资料记载，一个人注射过绿色液体之后，变成了异形人，它白天和常人无异，到了晚上便要吸血，并且每隔半个月必须吸食血液或吞食器官，借此达到永生！

赵连成开始惧怕，“连环命案”升华到了“大阴谋”。这是要掀起“生化危机”，开启人类DNA的禁区的一个关键性时刻啊！如果晚一步，说不定整座城市都要沦陷……

赵连成把自己知道的东西都交代给了谢天亮，他拍了拍周天的肩膀，扭头出了刑侦队的实验室。

这样的夜晚，周天和谢天亮涉及了他们从来没有接触过的领域，至少，这让周天对这个案子有了重新的认识。他不得不重视起来，这究竟是多大的一场阴谋！收拾好了实验室里的东西，周天和谢天亮也离开了，可谢天亮遗忘了一件十分重要的东西——注射过绿色液体的小白鼠！

小白鼠的双眼比原来还要红，爪子变长了许多，身躯也慢慢变大，似乎要撑破那个小笼子。它那双血红的眼睛盯着放在停尸床上的几具残骸，发出嘎吱嘎吱的磨牙声……

赵连成走出刑侦队，就接到了一通电话，电话里的那个声音冷冷地问道：“进展如何？”

他迟疑了一下，回应道：“一切都按照您的指示进行。”

简短的两句话，却让赵连成彻夜未眠，整晚都在回忆与周天搭档时的场景。

他在怀疑自己的做法，究竟对不对？

刑侦队实验室，一只超大号小白鼠从桌子上滚了下来，笼门大开。

白老鼠跑了出去，它的动作异常灵敏，就像暗夜中吸血蝙蝠一样，顺着下水道钻了出去。肮脏的下水道里有腐烂的食物，聚集大量的老鼠来回穿行，而这只大白鼠就像一个异类，没有老鼠敢靠近它。

它用已经变异的两颗大鼠牙，撕咬着腐肉，吃饱喝足后，下水道便成了它的王国，它像恶霸一样在里头横行霸道。

谁又能料到，一只不起眼儿的小白鼠，能掀起轩然大波？

（4）

“不——”文琪大口大口喘着气，从噩梦中惊醒。

夏天又闯入了她的梦里，她那干哑慑人的声音，使文琪吓得灵魂出窍。

文琪由床上翻身坐起，一次次回想夏天的对自己说过的话，她十分肯定地对自己说道：“不！我不要别人操控，一土，你不配支配我的生命！我要扭转自己的前途！”

文琪拉开书桌下方的抽屉，拿出一本白色的笔记本，抽出笔筒里的黑色派克钢笔，望着钢笔泪水夺眶而出。

“妈，我要用你留给我的遗物写遗言了。我的灵魂上被刻下了一宗罪，或许是我知道的秘密太多，遭报应了！”文琪第一次感到恐惧可以让人喘不过气来。

文琪在写遗言之前，先罗列出七宗罪，并将相关被害者的名字都跟罪型一一对应，除开已经确定的罪，还剩下愤怒、淫欲、傲慢和懒惰。而这些罪里，只有愤怒可能跟自己匹配。难道她的灵魂上会刻下愤怒吗？

这时，文琪渐渐察觉到，自己最近的情绪十分反常，在母亲墓前对文建发脾气，调查案子对周天发脾气，和王志军发脾气……

想到王志军，文琪心中有愧，她怕王志军因她而卷入“规则”中，毕竟，王志军是局外人。

文琪自语道：“不，王志军，他绝对不能卷进罪里！一土，我要把你揪出来！”

文琪把钢笔放回抽屉里，不到最后一刻，她不会放弃！

文琪再也无心睡眠，她站在阳台上，看到第一缕阳光照射在向日葵上，清晨的微风抚过她凌乱的青丝，让文琪的心终于能够平静一些了。

天亮了，文琪再次回忆起昨晚对王志军说过的话，虽然自己是违心，可却希望王志军幸福。她拖着沉重的步伐，坐在客厅的沙发上，双眼无神，文琪的耳边不断徘徊着王志军的名字，让她更加痛彻心扉。

“琪琪，要一起吃早饭吗？”挺着肚子的沈凌在房间里喊道。

“不，我回学校了！”文琪拿上外套，推开门下楼，她不想见到这个讨厌的女人。

从家里出门后，文琪总感觉身后有人在跟着自己，可下意识回头，却毫无人影。

快到学校时，王志军突然出现在文琪面前。他看上去面容憔悴、头发凌乱，好像一夜都没有休息的样子。

文琪十分心疼，她想要上前说几句安慰的话，可突然又想到了一土。

她的脸一下子变了，冷言冷语地对王志军吼道："滚啊！我不想见到你！"

王志军错愕不及，他想到昨天文琪还表现出对自己的关心，就算是分手，也不用这样和自己说话吧？文琪一定有难言之隐！

王志军忙上前走了几步，说道："文琪，我想帮你，你别拒绝我！"

文琪的心颤抖着疼，她想说句软话，嘴却不听使唤地又吼道："你帮不了我，滚吧！"

王志军想到了昨天文琪提到的那件事，他转变态度问道："因为七宗罪的事儿？放心，我不怕，就算是为了你死，我也心甘情愿！"

王志军表明了自己的立场和态度，不顾文琪的挣扎，上前一把抱住了她柔弱的身躯。

最终，文琪还是被王志军的话打动了，她没办法对这个深爱着自己的男生恶语相向。

文琪靠在王志军的肩头抽泣着，口中喃喃说道："王志军，你太傻了……"

这时，周天在不远处偷听二人的对话，他感到十分奇怪，文琪究竟在害怕什么？他们说的七宗罪代表着什么？而这七宗罪和连环命案有关系？他找了一个十分隐秘的地方，悄悄地给郑筱筠打了一通电话，他再三交代郑筱筠，一定要把文琪说的七宗罪找到！

挂断电话后，郑筱筠在网上搜索关于“七宗罪”的关键词，搜到一条解释：“七宗罪”是刻在人类灵魂上的罪，若你没有违反罪的法则，便相安无事，若你激发了罪，唯有失去生命！这让郑筱筠不寒而栗。余下的一些词条都是关于“七宗罪”的小说，一篇名为《刻在灵魂上的七宗罪》的小说引起了她的注意。

在这篇小说里，郑筱筠获取了另外一条重要的信息，七宗罪来源于但丁的《神曲》。在《神曲》里面，被解释为每个人从出生那时起，灵魂上就被刻下了一宗罪，世上没有纯白如雪的灵魂。当你激发了灵魂上的罪，到最后只有小命不保！

郑筱筠把整理好的资料写在本子上，她要去和周天会合。

赵连成和谢天亮眼看着郑筱筠走出警局大门，他俩还纳闷儿，这一大清早，她要去哪儿？

谢天亮与赵连成回到实验室，谢天亮第一眼就注意到了掉在地上的笼子，小白鼠已经不见了！

“糟了！”谢天亮暗道一声。

赵连成也有一种不祥的预感。

两个人对视一眼，都选择了沉默。

这件事，不知道又会引起多大的风波……

（5）

王志军与文琪和好后，两个人牵手在校园里走了一段路，没过多久，两个人在学校大门口分开，一个向左，一个向右。王志军出了校门，文琪回到宿舍。

昨天，郑筱筠提到王志军诡异的行为，周天打算跟着王志军看个究竟。

王志军在一个巷子里，跟随一个戴着墨镜和口罩的高个子男人上了一辆奥迪，周天忙拦了一辆出租车尾随其后。

两个人在一家屠宰场下了车，走了进去。周天在屠宰场门口徘徊着，他能听到厂里发出令人毛骨悚然的动物嚎叫声。周天想到，郑筱筠提到过一个屠宰场，难道就是这家？

周天十分想了解里面的情况！但是，屠宰场四壁的墙很高，完全看不到里面的情况。况且，现在他根本没有权力去搜查！

无奈之下，周天只能放弃，回到警局。

对于王志军的种种行为，周天心中存有疑虑，他想找郑筱筠来探讨一下案情，却发现谢天亮和赵连成躲在实验室里发呆。

周天走进实验室，问道："你俩怎么了？"

"没……没什么……"谢天亮愣了一下，他没敢对周天说出实情。

"那你俩继续发呆！"周天还以为他俩是在为试验发愁，并没有多想，“如果看到郑筱筠的话，让她来办公室找我一下，我要和她探讨一下案情！”

谢天亮抬起头盯着周天看了两秒钟，淡淡地说道：“你不是被停职了吗？还调查，就不怕局长找你麻烦？”

“哈哈……停职怎么了，这丝毫不能减退我对调查案子的热情！”周天嘴角抽搐着，这是他遇到的第一个如此棘手的案件，不侦破，他怎能安心？

赵连成看着周天的模样，尴尬地笑了笑，这么多年过去了，周天还像当年在警校里的那副傻小子模样，未改初心，可他已经不是当年的自己了。

周天关上实验室的门，也关上了他和赵连成唯一相连的心门……

废弃的画室里，被厚重的窗帘遮挡住了光，房间里漆黑一片，像一个没有出口的囚室。这里是文琪和王志军偷偷约会的地方，他们曾经很享受这种私密的空间。

文琪不敢在那个充满恐怖氛围的寝室待着，所以来到了画室里。

她想重温和王志军的丝丝甜蜜，可不知不觉中，她竟然在画室里睡着了……

“啊——不要！”文琪从噩梦中惊醒，她擦干额头沁出的汗珠，惊魂未定。

文琪又梦到了夏天，这一次夏天掐住她的脖子，想要把她掐死！

文琪真的不想死，她还有大把的青春没有享受。

“夏天，求求你放过我！放过我啊！我真的没有对人说你的秘密啊！”文琪声嘶力竭地喊着，“放过我，放过我！”

“文琪，你在吗？开门，是我！是我！”王志军的声音在门外响起，“你怎么了，快开门！”

文琪打开画室的门，一下子扑进了王志军的怀里，哭着说道：“我又梦到了夏天，她说是我泄露了秘密，她要杀死我！”

“她的秘密？”王志军紧紧抱着文琪，“你把事情的原委告诉我，我来帮你分析！”

文琪在王志军的怀里呜咽着，身体一抖一抖地发颤，她害怕说出这件事自己会遭到一土的追杀。可如果不说，她还是会被夏天折磨着！既然如此，还不如把事情告诉给王志军，不能让这个秘密被自己带入黄土。

“那你先答应我，不能外泄，否则我会遭到……”

“我答应你！”不等文琪说完，王志军已经应了下来。

“其实……其实我发现夏天和张昂教授有着不一般的关系！”文琪一字一顿地说道，“那天晚上，我想找你聊聊心事，你却没有接电话。我到实验室找过你，发现你不在，本以为你在画室呢，等我走进画室，却发现了他们！”

王志军十分震惊！怪不得自己在张昂教授那儿一直得不到重用！

王志军咬牙切齿地说：“原来如此……”

“你不要生气！这件事儿我一直隐藏在心里，唯恐被别人知道了，还有……”

“不用说了！”王志军抱紧了她，“这和你没有关系！亏你还为她隐瞒着秘密，她却无时无刻想害死你！”

听到王志军这样说，文琪抬起头看到他那张消瘦的脸，王志军竟然情不自禁地吻上了文琪的脸。

文琪绯红的脸错开王志军，低下头去。

“害羞了？”王志军邪魅地笑着问。

“没，我突然想到了七宗罪。”文琪顿了一下，“我推测自己的灵魂被一土刻下了愤怒的罪，而你刚刚的举止让我想到了另外一宗罪——淫欲。现在，我有点儿怀疑你好像也被卷入进来了！”

王志军哈哈大笑着：“傻姑娘，别多想了。”

而他们在画室里的一举一动，都被另外一个人用相机拍摄了下来。

（6）

周天回到警局，直接钻到局长办公室里汇报情况。

局长抬头看到周天憔悴的模样，心里十分不是滋味儿，不等周天说话，他便说道：“周天，市局对天涯大学连环凶杀案十分重视，介于你表现良好，提前给你复职，希望能尽快侦破此案！不要辜负我对你的期望啊！”

听到这个消息，周天一咧嘴笑了出来，没想到局长竟然如此重视自己的存在！

他忙拉过一把椅子坐下，和局长分析起案情来。

“局长，我已经了解到了一些情况，就是来向你汇报的！万万没想到，不等我提要复职，您就已经……”周天搔着头傻笑着，“不过，说起这个案子，的确有很多蹊跷之处！经过几天的调查，我们查到了一个叫文琪的女生，她涉及其中。在她口中，我们获取到一条重要的消息，所有人的命案都与‘七宗罪’有关。她曾和一个叫王志军的男生提及这件事儿，她说所有死了的人的灵魂上都被刻下了罪，还有一个重要的人——‘一土’。我怀疑这个‘一土’就是我们要找的凶手！”

“胡闹！”局长的手猛然拍在桌子上，“这不是在闹笑话，办案要讲求证据！什么七宗罪，灵魂上的罪，都是胡闹！”

“局长，这并不是胡闹！”周天郑重其事地说道，“‘七宗罪’是一个很神秘的命题，虽然我还没有弄清楚这个罪的规则所在，可我弄清楚了一件事儿，至今为止的被害者们，都和一个人有关系，而这个人就是414寝室的文琪，我想这并不是一个巧合！而我所得到的消息，正是从她口中说出来的，这更不是一种偶然！所以，请相信我对案件的判断力！”

听了周天的话，局长叹了一口气，他看到了执着的周天，便想起了年轻时候的自己。

当年为了调查案件，一场飞来的浩劫让他痛失爱妻，也彻底地改变了他的命运。若不是他坚持己见地调查侦破，也不能达到今天的非凡成就。

局长点燃一根烟，吐出的烟圈萦绕在他的身边，平静下来之后，他突然想到了一件事，问道：“周天，听同事们说你谈恋爱了？”

局长亲自关心终身大事，周天有种被错爱的感觉，他低下了头回答：“嗯，和我们队的女警察郑筱筠！我们相互扶持、互相帮助，调查案件也十分有默契，所以顺理成章走到了一起……”

“好！年轻人，我就相信你一次，也相信郑筱筠一次！希望你们能给我一个满意的答案！”局长微微颔首，表示支持周天的行动，“去吧，为了这些死去的亡灵，放手好好调查，不要顾忌太多！”

“收到！”周天站起身来敬了一个礼，转身出门。

周天走出局长办公室，郑筱筠的电话便打了进来，他们约好在审讯室见面。

当周天推开审讯室的门，除了郑筱筠之外，还有另外一个人——谢天亮。

“同志们，我官复原职了！”周天十分高兴地说道，“恭喜我吧！”

“恭喜什么啊！唉……”郑筱筠垂头丧气地坐在椅子上，“你让我调查的事情，我不能完全做好，你别怪我才是！”

周天走上来摸了摸郑筱筠的头发，说道：“没关系，我们一起来调查就是了！”

郑筱筠把笔记本向周天推了推，说道：“这是你让我调查的七宗罪，可我总觉得这什么罪啊，惩罚啊，灵魂深处什么的都是虚无缥缈的，和我们的案子完全没半点儿关系啊！”

谢天亮靠近周天，一起和他看着笔记本上记录的文字，问道：

“这都是无稽之谈，世上哪儿有什么上帝！难道你认为信耶稣能永生？”

“哎，这句话我可不认同！”周天摇晃着手指说道，“我在天涯大学可是调查到了关于七宗罪的事情，而笔记本的内容，恰好与我在文琪那里调查的事儿不谋而合！”

“对对对！”郑筱筠忽然一拍桌子，站起来说道，“主谋一定是文琪，她是故意与王志军串通好演戏给我们看，她才是幕后的神秘人！”

谢天亮和周天同时把目光甩向郑筱筠，从来没发现她是这么轻率的人，看来她今天的确受到不少刺激啊！见她完全不在状态，周天拉过郑筱筠的手，轻柔地说道：“这里交给我，你回去休息，明天还要开工呢！”

谢天亮在一旁偷笑，说道：“对啊，快回去睡吧！休息不好容易变老！”

“哼……天亮，看明天我怎么收拾你！”郑筱筠才不理会谢天亮的调戏，拿上包走了出去。

郑筱筠离开后，周天与谢天亮重新讨论案情。

“你用小白鼠做实验的结果出来了吗？”周天问道。

“没……没有，两只小白鼠都挂了……”谢天亮说出的话特别没有底气，“虽然我不敢断言那绿色液体到底是什么玩意儿，但据赵连成所说的日本生化研究，我想它们大抵是一个意思吧！”

“哦……”周天顿了一下，“今天我发现了王志军和一个屠宰场有关，你说这个屠宰场和我们要调查的事件相关？”

“屠宰场？”谢天亮说话的声音提高了三分，“绿色液体在动物身上能否奏效，我还不清楚，不过既然他和屠宰场有关系，那么不如就从屠宰场下手调查！”

“我也这么认为！”周天笑了，没想到他和谢天亮竟然如此有默契。

“我今天也累了，回去休息了啊！”谢天亮怕周天问起小白鼠的事，故意找托词想先溜。

就在谢天亮开门之际，周天冷不防地说道：“去吧，你要好好研究小白鼠，我还等你的报告呢！”

谢天亮的心一沉，忙走出审讯室，他不知道应当如何解释小白鼠的事情。

文琪坐在阳台上，双眼无神地看着繁华都市，月光如水、星河璀璨，她的手中抚摩着夏天留下的那本日记。

文琪嘴里念叨着：“谁杀了夏天？难道是他？没错，他和夏天是有不正当关系，可怎么才能证明呢？”

借着皎洁的月光，文琪翻开夏天的日记本。

日记里出现次数最多的人就是赵伟和文建。这里记录着她和赵伟的甜蜜恋情，也记录着她和文建的勾当，更记录了她对文建的恨。她在日记里提过，文建把她当成宠物一样虐待。而日记本里最经常提到的一个地点就是女生寝室楼的后墙，也就是夏天出事的地方。

文琪长叹一声，念着日记本扉页上的那段话，说道：“陪我一起挖开埋藏的秘密，洗涤刻在灵魂上的罪？夏天，你到底在暗喻什么？”

(7)

第二天一早，文琪约王志军在奶茶店见面，她有一个非常重要的消息要和他分享。

王志军刚坐下来，文琪便说道：“你看日记本里的这句话，它究竟是什么意思？”

“陪我一起挖开埋藏的秘密，洗涤刻在灵魂上的罪……”王志军读着，第一印象便想到了一样东西，“是储物罐！”

文琪一下被王志军点透，原来竟然是这样！

“夏天一再提到了女生寝室楼后墙，难道……”

“没错，要不我们现在就去试试？”王志军提议，“说不定就能找到夏天的秘密，就能知道一士是谁了！”

不等文琪反驳，王志军便拉着她的手，直奔女生寝室楼后墙。

昔日里，这片沙地和密林是情侣们约会的圣地，可现在所有人都惧怕这儿。

王志军站定脚步后，叹了一口气对文琪说道：“琪琪，你还记得吗？这片林子可是我认识你的地方呢，那时候给我带来了太多的美好回忆……”

“嗯？”文琪一愣，她的大脑一片空白。对于是怎么认识王志军的，在她的记忆里已经变得十分模糊了，“我们去找那个秘密吧！”

两个人的目光同时注意在一棵大榕树下，总觉得这里似乎和其他的地方有些不同。

王志军走到树下，仔细勘察了一番，觉得秘密就藏在他们的脚下。

这棵大榕树又让王志军想到了一件事，他拉起文琪的手，兴奋地说道：“两年前，就在这棵榕树下，你就那样安静地坐在树下，看一本叫“入土不安”的悬疑小说，这样安静的你吸引了爱好悬疑的我。为了追求你，我可花了不少心思呢！后来把你追到手，你把那本庄秦写的小说送给了我当纪念……”

“《入土不安》？庄秦？两年前？”文琪的大脑一片空白，她开始质疑王志军的记忆，“不可能！绝对不可能啊！两年前，我还没有接触过悬疑圈子，更加不会去看一本国产悬疑小说！”

“琪琪？你怎么了？难道你忘记了？”王志军拧紧眉头，看着这个十分熟悉却又陌生的文琪。

文琪挣脱了王志军的手，向后退了几步：“王志军，书在哪儿？我要看！两年前究竟发生了什么？”

王志军见文琪如此激动，干脆放弃寻找秘密，拉着文琪的手迅速离开女生寝室楼的后墙，他要找到那本书，告诉文琪，他一直都没有忘记。

可文琪却陷入了沉思，两年前究竟发生了什么，她为什么没有半点儿印象……

天涯大学，生物实验室。

晚上21:00，学生们都已经回到寝室准备休息的时候，实验室里发出幽幽的光来，那是一盏小台灯，而在实验室里有一个人在努力地做着实验。

孙林拖着疲惫的身体在实验室里摇摇晃晃地走动着，他手中的实验试剂不断地向一个个试管里滴着。他一回头，便看到放在角落里的一个小笼子，笼子里关着一只小白鼠，这只小白鼠非常不同，它身体硕大，双眼通红，就连牙齿都向外裸露着，像极了一只兔子！

孙林的嘴角绽放出一丝诡异的笑容，他缓缓地向笼子移动过去。

“嘎吱……嘎吱……”从门外传来皮鞋踩在教学楼楼梯的声音，在这空洞的实验室里，让孙林的心提起了几分。

他慌忙关掉了小台灯，躲在角落里，盯着那只小白鼠看。

巡逻大爷的脚步在实验室停留了几分钟，十分不解地自言自语：“不应该啊，难道是我眼花了？明明看着有灯光的……唉，可能是岁数大了，眼花了吧？”说完，他抬起脚转身下楼去了。

孙林长吁了一口气，若是被打更的人发现，他恐怕不能再继续在这里做实验了。

等完全听不到脚步声后，孙林又把小台灯放在了地上，这回不会有人发现了。

他拿起实验台上的一支白色注射器，把小白鼠抓出来，对准它就是一针，抽取小白鼠的血液。在没有人发现他之前，又把小白鼠关回了笼子，然后拿上自己的战利品，迅速离开实验室。

孙林几乎是一路狂奔回到单人寝室，这是张昂教授特意为他安排的，只可惜现在张昂教授已经不在了。

回到寝室之后，孙林妥善处理好小白鼠的血液，坐在书桌前开始钻研起来。

他嘴里喃喃自语道：“我想要的，一定要得到！如果得不到，那么就要毁掉！”

孙林猛然一抬头，他盯着墙上的那张王志军和文琪的私密照片，嘴角抽搐着，说道：“既然你已经抢了我最喜欢的女生，那么试验成果就由我来研究吧！”

寝室里传出孙林近乎疯狂的笑声，他顾不得那么多了，这个诱惑实在是太大了，只要有了试验结果，他便可以在生物学术界扬名天下！

清晨，一张照片席卷校园的每一个角落，所有人都在对照片上的人指指点点，明明不是特别出名的两个人，结果却在学校的论坛被人强行人肉搜索了。

当王志军推着自行车，拉着文琪的手走过校园公告栏的时候，同学纷纷投给二人异样的目光。由于最近发生的连环命案，文琪经常被人用这种目光盯着看，她已经习以为常了。

可今天不同，同学们的目光带有一丝鄙夷，好像她做了什么对不起人的事一样！

“呸！”一个女生突然跑到文琪面前，吐了一口口水，“你根本配不上王志军！”

“你说谁呢？”王志军上前要和那个女生争辩，被文琪一把拉住了。

文琪指着公告栏上的照片，诧异地说道：“怎么回事儿？”

王志军站定了脚才看清楚，原来他俩在废弃画室约会的画面被人拍了下来！

王志军迅速跑过去，把那些照片撕了个粉碎，可为时已晚，校方已经收到了消息。

王志军和文琪的行为对学校名誉造成恶劣影响，当天下午二人被喊去校长室问话。

校长拍着桌子大吼道:“这件事儿对学校造成了很坏的影响！”

王志军和文琪都低着头，一言不发。

“你们！你们两个,开除学籍！”校长怒火冲天地大吼道,“滚，滚出我的办公室！”

文琪已经没有颜面多解释，可对于这样的结果，她还是有些震惊。

从校长办公室退出来后，文琪一直在想：难道，是一土？不，这不可能，一土怎么能拍到这样的照片？

而王志军也在想：究竟是谁用这种招数来报复自己！

两个人都没有说话，各怀心思地朝着学校大门方向走。

王志军一抬头，看到了一个十分熟悉的身影——孙林！

孙林迎面走上来，他挑衅地对王志军说：“你抢了我喜欢的女生，既然我得不到，那我就让你们俩身败名裂！”

王志军心中的火气终于找到了发泄点，怒吼道：“你！原来是你！”

说着，他一个箭步冲上去，一拳打在了孙林的脸上。

文琪完全没办法分开两人，围观的学生越来越多。

王志军和孙林两个人都不示弱，手脚并用地打成一团，口中还不断地迸发出谩骂的言语。

很快，两个人的行为引起了学校安保的注意，在安保即将靠近两个人身边时，他俩一个向前，一个向后，迅速朝着不同的方向跑掉了。

文琪觉得自己彻底丢了颜面，因此直接回了家。

王志军和孙林分开后，他也没有回寝室，而是骑车来到了屠宰场。

他打了一个电话，等那个人出现。

当暮色降临时，在王志军的身后出现了那个男人，他阴森森地对王志军说道："怎么样？你打算把他连根拔起，还是变成我们的交易品呢？"

"哼……"王志军的眼中闪现出了仇恨，"无论是什么，我要将他置于死地，你对此有什么高见？"

神秘男人嘴角抽搐了两下，王志军果然是一个有野心的人。

他缓缓地说道："只要你想，我可以用尽全身解数让他就范！"

王志军像着了魔一般点着头："好！"

"今晚 20:00，你想见的那个人，会在屠宰场里等你！"神秘男子发出阴笑，"我们晚上不见不散……"

"好！"王志军没有多说一句话，转身就走。

他要让孙林知道自己的厉害，更要让人知道得罪他的人是不会有好下场的！

神秘男人走进屠宰场，看着正在“工作”的矮子，吼道：“放下你手里的活儿，开工了！”

只见一个矮个子男人从工作间走出来，拖着残缺的身体，目光呆滞地来到他的身边。

他用手擦了一下已经瞎了的左眼，说道：“请吩咐。”

神秘男人凑近他的耳边，说了一句话后，转身进了操作间。

矮子点点头，摘下手上的手套扔在地上，向外面走去。

这一夜，又是一场血雨腥风……

经历了紧张的一天，文琪回到家后昏昏沉沉地睡着了。在梦中，她听到耳边有人对她轻柔地说话，说着“无论发生什么都会陪在你身边”的情话，虽然是在梦里，文琪知道这个人一定是王志军。

文琪昏沉地睡了一天，傍晚的时候她被电话铃声吵醒，看到是王志军的号码，她迫不及待地接了起来。

“喂，王志军？你还好吗？”文琪心疼地问道，“也不知道你伤得严不严重……”

电话另一边却一点儿声音都没有，文琪又尝试着说了一句话，可依旧没有声音。

她把电话挂断了，重新拨回去，对方竟然关机了。

王志军的手机很破，文琪以为是手机故障的原因，可等了十几分钟，依然没有电话再打进来，她开始担心。

白天的时候，明明是孙林对王志军进行挑衅，不然他俩也不可能扭打在一起，想到这里，文琪一身冷汗，她再也不能等下去，一定要去王志军家看个究竟。

文琪找到王志军家，他家的门竟然虚掩着，她小心翼翼地打开门，竟然看到王志军坐在地上发呆。她忙走进去摇晃着王志军问：“王志军，你怎么了？怎么了？你别吓我！”

王志军似乎是听到了文琪的声音，身体颤抖着，神情呆滞，依然没有反应。

这可把文琪吓坏了，她用力地摇晃着王志军的身体，大声喊着：“王志军！你回答我，你怎么了？”

王志军犹如从梦魇中惊醒，忽然睁大双眼，瞳孔里满是愤怒的光芒。倒吸了一口凉气之后，他问道：“我怎么了？”

见王志军恢复正常，文琪松了一口气，看到他憔悴的样子，问道：“你怎么全身都在发抖？”

王志军没有回应文琪的话，他抬头看了一眼墙上的挂钟，还有 5 分钟 20:00，今天晚上他有一场非常重要的约定！

王志军紧紧抱住文琪，十分真诚地说：“琪琪，我会永远陪着你！任何人都不能伤害你！”

文琪被王志军的话感染到，心里暖暖的、甜甜的。她靠在王志军的肩头，说道：“我不怕！身边有你，什么都不怕！就算因此而丧命……”

“不许胡说！”王志军捂住了文琪的嘴，“我一定会找出一土，不让他伤害你一丝一毫！凭借我的高智商，一定会找出规则里的 BUG，帮你摆脱现在的困境！”

文琪很感激王志军对自己的这番爱意，她更清楚王志军的用意，可怎么能因为自己的危险让王志军也深陷其中？文琪刚要张口对王志军说感谢的话，王志军已经抬起手一下子打在了文琪的脖颈处。

文琪晕了过去……

今天晚上尤为重要，王志军要赶去赴约。他为文琪留了一张纸条放在床头，然后给她盖好被子，关好门便走出了家门。

今夜，注定是个不眠之夜，王志军暗下决心一定要亲手干掉孙林！

第六章　规则里的BUG

（1）

黑夜笼罩着充斥血腥味的屠宰场。

仇恨已经彻底蒙蔽了王志军的心智，在神秘男子的带领下，他走入一个房间，房里的温度很低，有点儿像停尸房的感觉。

神秘男子嘴角带着笑意，阴森森地说：“今天晚上是你报仇的机会，你想怎么办？”

王志军丝毫没有惧怕的意思，他一步一步地向里面走着，牙齿碰撞牙齿发出“咔嗒咔嗒”的声音。王志军一心想要报复这个可恶至极的臭小子。

“哼哼……把他交给我，我就会还给你一件完美的艺术品！”王志军睨视着房间里一排排的大柜子说道，“他在哪儿？”

这时，站在房间中央的矮子指着其中一个柜子，说道：“左手边第二个柜子，用不用给你提供工具？”

“嘿嘿……当然不用！”王志军抖了一下手中的工具袋，“所有的工具我都已经准备齐全了！你们可能不知道，我们系里的很多人体标本都是我亲手制作，现在请你们帮我记录，我是怎么让他一步一步变成一件完美的艺术品！”

王志军拉开柜子，只见孙林安静地躺在里面。看到孙林脸上青一块紫一块的模样，和深陷肉里的绳索，王志军已经明了，看来把孙林带到这里也费了一番周折。

“来，搭把手，把他弄出来！”王志军回头看了一眼矮子，矮子连忙帮王志军把孙林从柜子里抬了出来。

神秘男子看到王志军从袋子里拿出一把一把的刀具，忙说道：“叮嘱你，这是我们的约定，决不可外泄，否则后果你应当明白！”

王志军当然知道，和这个男人合作许久，规矩他还是懂的。他转头问了一句：“把他弄醒，我要让他感受一下什么是痛不欲生！”

矮子狞笑着，他没想到王志军竟然还是一个如此重视对手的人，他喜欢王志军自信的样子。于是，把封在孙林嘴上的胶带揭了下来，然后用一瓶不知名的液体倒进嘴里，瞬间，孙林就醒了过来。

孙林睁开眼睛第一眼就看到了王志军，他惊恐地喊道：“你要干什么？”

王志军放肆地笑了笑，说：“我这是在做艺术品，很快你就能体会到做一件艺术品的乐趣了！那感觉简直是太美妙了！”说着，王志军已经举起一把工笔刀在孙林身上胡作非为……

孙林恐惧地大喊着：“啊——放了我！”

（2）

看到王志军近乎疯狂的模样，孙林突然想到了那天张昂教授的处境，他明白了，原来他在无意间误信了王志军，误把周天当成了凶手！于是便脱口而出：“原来是你！是你害死了张昂教授！”

王志军听到孙林的话，嘴里毫不吝啬地骂道：“我早就想干掉他了！赵伟为了拿到研究神秘液体的资格，于是利用了夏天和张昂！赵伟毁了我的前程，而你又毁了我和女朋友的爱情！”

孙林的嘴角抽搐着，突然恍然大悟！

“王志军，求求你放了我！以后……以后我再也不会挡你的路……”孙林开始求饶。

“闭嘴！”矮子突然冒了出来，“来到这儿的人，没有一个能活着出去！”

“啊——”孙林疼得大喊出来，“求求你，王志军……”

王志军才不理他，微微一笑对孙林说道：“只要你消失，神秘液体就只有我知道了，把它研究出来，那我就能名扬生物界了，哈哈哈……”

孙林的意识开始慢慢消失，眼皮沉重到即将闭上，在他临死之前，耳边不断听到王志军的声音：“逆我者亡，逆我者亡……”

深夜，警局的太平间。

一个僵直的躯壳站在门后，它双眼血红，嘴里发出恐怖的磨牙声。双手高举在头顶，那双手突然变成了动物前肢，身体布满了银白色的皮毛，活脱脱变成了一个怪物！

第一具变异的怪物诞生成功，就像科幻大片里的那种基因变异产物。变异的怪物，尽管体内的器官都消失了，可凭借着它们的特殊性，依旧可以存活。

几分钟后，另外几具躯壳也睁开血红的眼睛，从太平间里的雪藏室里跳出来，它们打破太平间窗子，从二楼直接跳出去，消失在茫茫夜色中……

“王志军……”文琪揉着疼痛的脖子，还没有睁开眼睛就喊着他的名字。

“啊——”文琪一睁开眼睛，就看到一双眼睛直勾勾盯着她看，此人正是欧阳婷。

欧阳婷看到文琪醒了，哈哈大笑着拍了拍她的头，迅速打开门跑了出去。

文琪并没有对欧阳婷这种奇怪的举动感到害怕。欧阳婷走后，她把王志军的卧室收拾了一下，就离开了。

文琪下楼后，给王志军打了电话，却始终都没人接，她打算回学校看看。

可走进校园，文琪的耳朵里充斥的全都是自己和王志军照片那件事，对于这种不堪入耳的话让她感到十分羞愧！掩饰着内心的羞愧，她迅速地跑去了实验室，但是并没有找到人，她只能离开校园，找一处安静的地方躲躲。

偌大的城市里，让文琪觉得无处可去，最后她选择去墓园找妈妈。

文琪跪在母亲的墓前，心里一阵恶寒。这让她不断地想到最近的遭遇，或许是神经过敏，她总感觉有一个人在偷偷地窥视自己。她猛然回头，并没发现任何异常，可只要转过头来，就能感受到有一双眼睛在火辣辣地盯着自己。

文琪揉着微微疼痛的头，突然想起了第一次和夏天相遇的情景，那时候的夏天是那么纯洁，怎么会……

想到这儿，文琪捂住了自己的嘴，她想到了一个惊人的地方，怎么可能呢？

就在文琪产生怀疑的时候，手机不合时宜地响了起来，她低头一看，竟然是夏天的号码打过来的。文琪倒吸了一口凉气，接起电话直接吼道："一土，请不要再玩儿你的幼稚把戏了，我想起来了，我都想起来了！"

许久，从电话另一端传来阴森森的声音，说道："是吗？你都想起什么了？"

"我和夏天根本不是在两年前认识的，我俩才认识一年！所以，你说的那些都是不存在的！我一定会把你从阴暗的角落里揪出来，为夏天报仇！"文琪狠狠地吼道。

电话那边传来"嘟嘟嘟"挂断的声音，让她陷入一个人抓狂的境地，这时手机屏幕上又显示出来一条短信。

"不管你信不信，我会让你身边的人一个个消失，因为我的规则里没有BUG！"

文琪愣了一下，一抬头就看到几个奇怪的身体快速移动，它们的眼睛像红外线一般，让人看了心生畏惧！她瑟缩了一下身体，那是什么？是怪物吗？她一眼就看到了其中的一个身影，她的脖子上挂着和自己一模一样的蓝色水晶项链，那……那不是夏天吗！

就在文琪将要喊叫的时候，那几个怪物在她的视野里又迅速消失不见……

文琪抓起电话，迅速拨通了周天的电话，哆嗦地说道："周天，我要见你！我们约在学校对面的奶茶店见！"

(3)

天灰蒙蒙的，文琪准时到达奶茶店，坐等周天。此时，她的脑海里依然回放着刚才夏天的模样，她不是已经死了吗？怎么会突然出现？

周天一进门便看到了文琪，他坐下来直接问道："找我什么事儿？"

文琪惊魂未定地抬起头，刚要开口对周天说明情况，就听见门外有人大喊道："啊——死人啦！"

听到"死人"这两个字，周天第一反应就冲了出去。此时，奶茶店外已经被人群包围，他冲进人群，亮出警员证。

只见一只粗壮的手臂，露出白森森的骨头，从一个布色麻袋里掉出来，不知道这个袋子是从什么地方来的。把刚刚喊叫的姑娘吓得脸色惨白，蹲在不远处无法动弹。

周天走过去，扶起那个女生，问道：“你看到是谁把袋子扔到这儿的吗？”

那女生使劲儿地摇着头，一脸恐慌。

周天小心翼翼地重新走到麻袋旁，解开袋子，只见里面呈现出一具被解剖过的躯体……

就在周天诧异之际，人群里有一个男生捂着眼睛向外跑去，嘴里还一个劲儿地喊着：“他被人杀了，真的被人杀死了！”

周天觉得事有蹊跷，忙把这个人截住，问道：“你认识他？你知道来龙去脉？”

那个男生一下子瘫软在了地上，回想起昨天晚上弄堂里发生的诡异事情，他十分惊讶地看着周天，错愕不已地说道：“是他！就是他！‘规则’的制定者，准时执行了裁决！所以，他死了！”

周天听见“规则”这两个关键字，身体微微一震，这是除了在文琪嘴里听说的第二个版本。周天忙给谢天亮打了一个电话，让他立马赶过来。

这时，文琪追着周天出来，突然听到“规则”两个字，她疯了一般地冲上来问道：“你说的是‘一土’？”

“孙林……孙林……昨天在巷子里……”瘫软在地上的男生又突然想起了什么，随即改口解释道，“我什么都不知道，跟我无关，我不知道什么‘一土’！也不知道什么‘规则’！不知道！”

听到这个男生的话，文琪脑袋一下子炸开，所有的事情都越来越诡异了！她突然想起了一土的规则，又想起在墓园看到的那群怪物，还有充斥在耳边夏天缠人的声音，一切的一切都是一土搞出来的！

“周天，‘规则’的制定者是个恶魔，所有人都会复活，他们会像怪物一样复活，是那个叫‘一土’的人裁决了孙林，目的也是为了让他变成怪物！”文琪近乎疯狂地对周天大吼着。

这让周天更是摸不着头脑，他拉住文琪的手，极力让她冷静下来。

“听我说，这世界上没有所谓的怪物，你冷静下来，那都是一土给你灌输的变态思想！”周天一声大吼，让文琪顿时冷静了三分。

“你说的不对！我看到了，我在墓园看到了，因为我确实看到了一个人——夏天！”

“什么？”周天惊呼一声，不等他再次发问，另外一个人也走了上来。

谢天亮瞪了文琪一眼，十分轻蔑地说道：“毫无科学根据！死人怎么可能复活，你以为是在拍科幻电影吗？”

文琪看到谢天亮的目光，不想再多解释什么，只是直勾勾地盯着周天看，希望他能明白自己的一番好意。谢天亮扭头去查看尸体，周天靠近文琪问道：“你确定自己没说假话？”

文琪点了点头，十分肯定地说道：“没错，如果是别人，或许我会认错，可那个人是夏天！我是绝对不会认错的，不然你回去看看她的尸体还在不在。”

周天正视了文琪的证词，他看了看瘫软在地上的男生，踢了一脚，问道：“你都看到什么了？”

“没……我什么都不知道……”因为害怕，男生又缩了一下身体，“你们抓一土吧，把他抓住了我就安全了！我不想死，不想死……”显然，他被吓坏了，眼神里充满了恐惧。

这让文琪想到了被夏天声音折磨的自己。文琪蹲下来，轻轻地碰了碰那个男生的手，问道：“想抓住一土你也要配合，你究竟知道什么？你怎么能确定那具尸骨就是孙林？”

男生似乎被文琪的温柔感动了，他想了很久，才吞吞吐吐地说道：“我和孙林收到了一封叫‘规则’的信，信里头说我们的灵魂上都被刻下了‘懒惰’这宗罪，当时我俩也没当回事儿。昨天晚上，孙林还在我寝室聊天，突然接了一个神秘电话，说要出去一趟。我不放心，就跟在他的身后，在一个巷子里面，我看到他被一群人围住，然后被他们五花大绑劫到一辆奥迪车上……”他停顿了一下，然后继续说道，“回到寝室后，我感觉不对劲儿，觉得那个‘规则’真的存在！一土下一个要对付的可能就是我了，我不想死！”

周天发现所有的事都和“一土”有关，这人究竟是何方神圣？那个“规则”又隐藏了什么秘密？

不等周天问，文琪就主动说：“那个被埋葬的秘密，能洗涤刻在灵魂上的罪。我们要找到被埋藏的秘密，查出‘一土’，以及‘规则’里的BUG！”

周天原本一直在怀疑文琪，可现在她竟然主动提出帮他查案，这是什么情况？

周天叹了一口气，锁紧眉头看着一直说个不停的文琪。

“夏天遇害之后，我在 414 寝室的走廊里见到了夏天的日记本！经我仔细研究，我发现日记本里隐藏着关于‘一土’和‘规则’的秘密，所以，不如你和我一起，找出这个被埋藏的秘密！说不定，通过日记本就能找到所谓的 BUG 了！”文琪极力想把自己的计划表达清楚，但却着实把周天给说糊涂了。

“被埋藏的秘密？”周天嘴角抽搐着，“你以为这是在探险吗？”

“信不信，等一下就知道了！”文琪不管周天有没仔细听她说话，反正她想知道两年前究竟发生了什么，她要把自己的记忆找出来，说不定，随着秘密被挖掘出来，遗失的记忆也会找到呢？

周天对文琪说的话半信半疑，但又觉得，既然文琪有心帮他，不如相信对方一次。

谢天亮在一旁感叹着凶手的解剖手段非常高超，一边记录着尸体情况，他还没勘查完毕，周天在他的背后冷冷地说道：“一会儿你安排人把尸体拉回去，我去调查一些情况！还有，回到队里后，仔细检查一下所有的尸体，有情况及时和我汇报！”

周天心里有了一种不祥的预感，如果自己的推测是正确的，那群尸体确实染了病毒，该如何解毒呢？

警车拉着警笛呼啸而过，文琪冷冷地看着周天，原来自己的话对他毫无用处，看来她也不需要多费口舌，既然在周天这儿行不通，那么不如和相信自己的男生一起去寻找答案！她扭头就走，不管周天的目光有多么凛冽。

文琪走后，那个被吓坏的男生依旧瘫软在地上号啕大哭，周天总觉得这个男生对案情还有帮助，一把将他从地上揪了起来。

“走，和我回警局！”周天吼道。

周天把男生带到警局后，进行了审讯，问了老半天都没获取一点儿有用的线索。无奈之下，只有放男生离开，离开时还不忘命令对方：“手机要二十四小时开机，想起任何有用的线索都要第一时间联系我。”

（4）

文琪敲响王志军家门的时候，他还躺在床上昏沉沉睡着，听见有人敲门，他一个激灵从床上坐起来向大门跑去。

开门后，文琪一脸委屈地扑进王志军怀里，嘴里念叨着：“死人了，又死人了！”

“谁啊？怎么了？”听到这样的话，王志军睡意全无。

“孙林死了，他也收到了‘一土’的‘规则’，他和另外一个人的灵魂都刻下了‘懒惰’这宗罪，结果他先被裁决了！”文琪带着哭腔说，“王志军，求求你帮帮我，找出‘一土’，不能让他再害人了！”

王志军的嘴角抽搐着，露出似笑非笑的表情来，把文琪带到房间里，说道：“孙林死得好！如果不是因为他，我们就不会被开除！”

“王志军，你有没有听我说话！”文琪激动地吼了一嗓子，“我无数次在噩梦中惊醒，我被‘一土’折磨得快崩溃了！特别是最近梦到夏天，她总是在提醒我两年前的事儿，可两年前我真的不知道发生了什么，我的记忆模糊不清，你要帮我啊！”

“两年前？那时我才与你认识几天，怎么帮你？”王志军安抚着文琪，“不如我们慢慢来，无论‘一土’是谁，我都不允许那家伙伤害你！你不要多想……”

“不！你不懂！”文琪像疯了一样地吼着，“你不是我，你不会懂我的感受！”

此刻，文琪已经完全被夏天给逼疯了，她一定要尽快找出‘一土’，摆脱这种濒临崩溃边缘的感觉。王志军还想出言安慰，结果文琪直接冲出了他的家门，既然王志军不能帮自己，那只好独自一人去寻找真相！

走在大街上，文琪突然想到那天和王志军的对话，王志军曾说过，秘密往往都是藏在罐子里埋在地底深处，如果她再聪明一点儿，说不定她已经找到事情的真相了！

文琪快速回到学校，跑到女生寝室楼后面的树林里，找到那棵大榕树。她嘴里一个劲儿地喃喃说道：“我一定要找到，夏天，我一定会找到！我会查到你留下来的线索，不辜负你对我的期望！”

她用手使劲儿挖着脏土，挖不动了就用树枝挖，没多久她就看到了一个古铜色的小盒子！文琪小心翼翼地把盒子从地下拿出来，轻轻拂去表面的尘土，不等她打开盒盖，盖子一下子就跳开了。

一个笔记本放在里面。

文琪把小本子拿出来，头也不回地向校外跑去。

文琪一路跑到校外的奶茶店，一进门就看到王志军居然坐在里面，她扭头去卫生间洗了一把手，回来坐在王志军对面。

王志军伸出手，想要拉住文琪的手，抱歉地说道："刚刚我不应那样对你，对不起……"

文琪愣了一下，并没有理会王志军的话，轻轻地翻开日记本，映入眼帘的是夏天娟秀的字迹。而第一页就写着——我遇见了她。随着看到夏天日记里的文字，文琪的记忆也在断断续续恢复。

她想起来了，她似乎真的是在大榕树下看过小说，只不过并非王志军说的《入土不安》，而是东野圭吾的《白夜行》。那时候，夏天和她一样也是小说迷，正因为如此，两个人的感情才要好起来。

随着翻开一页一页的日记，文琪的眉头开始紧锁起来。最后，她竟然不顾店里还有许多陌生顾客在，惊声吼了出来："不！不可能！'一土'不会是他！夏天，你一定是在骗我，在骗我！"

王志军不知道文琪怎么了，忙拉着文琪从奶茶店里跑出来，以躲避众人怪异的目光。

出了奶茶店，王志军问道："琪琪，发生什么事儿了？"

文琪"哇"的一声哭了出来，她的脑海里一直萦绕着夏天日记本里的那个名字，只要想到是他，文琪的心就揪着疼！难道这一切都是他一手操控？这怎么可能，文琪宁愿相信这是夏天编造的谎言！可只要想到已经死了这么多人，她的心就觉得完全承受不了。

王志军安抚着文琪，柔声问道："琪琪，别哭了，究竟发生什么，我和你一起承担！"

“一土……”文琪擦了擦脸上的眼泪，“‘一土’是我爸……”

“什么？”王志军也愣了，“怎么可能……”

“真的，夏天的本子上详细写了一切，她之所以要把日记本埋起来，是害怕被人毁灭证据！”文琪再也没有心思和王志军约会了，“我走了，这一次我不知道应该怎么办才好……”

王志军整个人也愣住了，“一土”如果是文琪的父亲，那么接下来，他又该怎么办？

回到家后，文琪躺在床上，再次翻开夏天的日记本仔细看了一遍，确认无疑夏天说的就是文建。即便文琪对父亲充满了恨意，但从未想过可以把如此残忍的“一土”和父亲联系在一起，这太匪夷所思了！

眼泪顺着文琪的脸颊往下流，她的手一抖，日记本掉在了床上，一个书签从日记里面掉了出来。文琪拿起来仔细翻看，上面写了一句话：“来时光机，这里可以买到你想要的一切，包括你的记忆。”

“时光机？”文琪抓着那片书签，“我丢失的记忆？”

文琪迟疑地用电脑搜索了关于“时光机”的词条，百度第一条竟然是一个网店。

网店的欢迎界面是一扇银白色龙纹琉璃门，背景色则是一片漆黑，门的正中央还写着几个大红色字体：“时光机，可以买到一切。”而在旁边闪着一个头像，写着：“想买东西，请加QQ。”

文琪登录QQ，加上了网店的服务账号，然后主动问道：“我想买记忆，可以吗？”

“当然，说出你的需求。”

“我想要找回前年10月的记忆，多少钱？”文琪问道。

“预付三千，提供姓名地址，货到后付清尾款。”时光机客服十分爽快地回答。

文琪愣了一下，真的要付钱吗？三千元对文建来说不算什么，可对于文琪来说也是不小的一笔，真的要用这笔钱去换回记忆？文琪的手一抖，也不知怎么就点了付款。

时光机回了一句：“请静候佳音。”然后就下线了。

时光机下线之后，文琪在QQ里搜索着“一土”的名字，却发现他竟然不见了！

她觉得事有蹊跷，忙登录邮箱，那封名为“规则”的邮件也不翼而飞了！

这两件事就好像文琪的小说《异形人》一样，凭空消失了个一干二净，宛如从来都没有在她的生命中出现过一样……

（5）

谢天亮开车拉着孙林的遗体回到警局，他第一时间赶去太平间里核对尸体数目，却发现惊人的一幕！有关天涯大学的所有尸体，全都不翼而飞！

“怎么办？这怎么办？”谢天亮不断地在停尸房里徘徊想对策，“一下子丢了这么多尸体，我该怎么和领导交代呢？”

很快，谢天亮便冷静了下来，既然错误已经犯下了，那么赶快找出破解的方法！

他将在案发现场提取的液体放到各类药剂里，试图找出能有反应的东西。只有这样，才能将功赎罪！

周天一直怀疑王志军，他一定要在这个小子身上找到一些线索。于是，周天一直蹲守在王志军家门外。

晚上 19:30，王志军手里拎着一个袋子从家里走出来，他四下张望后，走进一条弄堂。

与此同时，周天远远跟在他的身后。

王志军在巷子的深处停了下来，似乎是在等什么人。没多久，一个高个子的神秘男子出现在王志军的面前，他接过王志军手里的袋子，低沉地问道："实验结果如何？"

"应该没问题！"王志军站了起来，"下回你准备一个试验品给我，试试便知了！"

"好，需要什么尽管说。"

王志军嘴角动了动，想了一下说道："找个男人吧！"

话音刚落，周天就看到那个男人递给了王志军一个小盒子，王志军把小盒子揣进兜里，转身进了另外一条小巷子里，等周天追过去的时候，看到他已经进了每次都去的那个黑网吧。

王志军和网吧老板老张打了一个招呼，按照往常一样交了五块钱，开了 16 号机。

老张对王志军还是很好奇的，每次他都坐在同一台机子上，而且每次都是很晚才来，也不知道这小子是来干吗的！

王志军上了 QQ，这一次他比以往多登了一个 QQ，两个男号、一个女号。三个号刚一上线，消息就一直响个不停。

“你好，今晚能出来见面吗？”消息来自女号上的一个猥琐大叔。

这恰好中了王志军的下怀，他暗笑着回了一句：“好呀，今晚22:00，天涯大街138号，不见不散。”

可见，想要满足一些欲望，必定先付出代价！而今天的这个猥琐大叔，就要为自己的色欲付出代价。

王志军退出女QQ号，在名为“一座城”的QQ里搜索“疯子”这个人，然后点开疯子的对话框，打了一句：“今晚22:00，有一个穿黑色衣服的货到，请验收！”

很快，疯子回复王志军：“没问题！你这速度真够可以的，不发财都难啊！”

王志军咧嘴一笑，他现在就是想快点儿让自己富起来，只有发财了才能保护他爱的人。

最后一项工作，王志军用最后的QQ点开最上面的那个人，留言：“不日到货，注意查收。”

完成所谓的工作，王志军把退出了所有的账号。

为了自己的实验，他开始查找有关于神秘物质的相关资料。王志军知道这种物质，是一种与病毒高度相似、感染能力比细菌高出千万倍的东西！只要有一个人感染，几天之内就可以将一整座城市陷入瘫痪状态，而这种神秘物质的全名叫“wolf”，是日本人研究出来的病毒细菌，威力强劲！

王志军找到了自己要的信息，然后就关上了电脑，匆匆离开网吧，往家的方向走去。

周天见王志军离开网吧，随后进了网吧，拍了一下老板的肩膀，问道："刚才那个年轻人用的是哪台机？"

老板被周天的话吓了一跳，他瞪了周天一眼，从牙缝里哼着："你谁啊？我为什么要告诉你啊？"说罢，他用手指头摆弄着要钱的姿势。

周天直接把警员证塞进了老板的手里，问道："这次你能说了吧？"

老板看到警员证，脸一下就变了，忙起身点头哈腰地说道："就16号机，您看我真是有眼不识泰山，对不起……那个那个……"

"少废话，把电脑给我开了！"周天冷着脸，没和他追究非法开网吧的事，"这件事儿不许和别人说！"

老板当然不敢多说话，这一不小心就得进局子的事儿，他才不敢干呢！看到周天坐在16号电脑桌前，他连忙拿了两盒好烟送过去。

周天打开电脑，点击QQ软件，看了一下QQ登录的历史记录，把王志军登录的号码记在手机里，又浏览了一下网页历史记录。

周天觉得有些奇怪，王志军找生化研究资料有什么用？他突然联想到赵连成对他提过的日本的生化研究，这两者会有什么必然联系呢？

不管这里面有没有必然联系，周天都把网址抄了下来，回去让专业人员做分析。

周天走出黑网吧，直接给郑筱筠打了电话，让她过来帮忙。

（6）

周天坐在办公室等郑筱筠，郑筱筠乔装打扮进了办公室，瞧着郑筱筠伪装成60岁老太太的模样，疲惫了一天的周天，脸上终于能露出一丝笑容了。

“我可爱的未来媳妇，你咋还乔装成这样了？”周天开玩笑地问道。

郑筱筠一边卸妆，一边回应道：“还不是为了跟踪文琪，那姑娘太鸡贼了，怕她认出我来！你让我回来做什么，又有新发现了吗？”

“我有大收获！跟踪王志军时，我发现他经常在同一个地方跟一个神秘男人见面，还喜欢三更半夜进出一家黑网吧。我偷偷调查了一下，他在黑网吧里主要是查日本的一个生化研究，还查阅了不少关于生化方面的资料。”周天打开面前的两台笔记本电脑，“我就是想让你查一下，这两者有没有必然联系！”

“生化研究？绿色液体？”郑筱筠发出疑问，“莫非王志军知道液体的来历？”

“极有可能！我发现这小子登录过三个QQ账号，这里面一定有不可告人的秘密，你尝试下破译密码！”周天把QQ账号告诉给了郑筱筠，他则在另一台电脑上搜索网站信息。

书房。

神秘男人拿着王志军给他的那袋东西，在书柜后面打开了一间密室。

密室里摆设很简单，一台电脑、一张高背黑椅。在黑椅上坐着一个人，背对着神秘男人。

神秘男子进来说道："事情已经安排得差不多了，很快就能实施大计了！"

坐在黑椅上的人并没有说话，神秘男子把袋子放在桌子上，退了出去。他临出去的时候，听到房间里有窸窸窣窣的声音，看来他行动了。

神秘男人出去后，高背椅子上的人转过椅背，一张恐怖的脸盯着桌上的袋子，他用黑色的爪子把袋子扯破，它举起右爪，抓牢袋子里的那颗东西，一口将它吞入口中！

片刻后，高背椅子上的人脸上有了血色，恢复到了正常人的模样。之后，这个人闪身离开，不知所踪……

王志军回到家里，坐在床上，盯着手里的那封信发呆。这封信很奇怪，没有邮戳，没有地址，只写着"王志军收"。撕开信封，里面掉出一张照片，他认识照片里的女人，那是自己的妈妈。而照片的另外一个人，记忆里已经模糊了，可王志军永远都不能忘记，那是自己的父亲。照片上有一对男女：男的气宇轩昂、眉清目秀；女的高贵大方、气质迷人。

王志军慢慢展开信纸，清秀的正楷呈现在他的眼前：

儿子：

当你收到这封信的时候，请不要感到惊讶。我要告诉你一个秘密，它与你父亲徐亚龙有关。

当年，你的父亲因为一场手术意外丧命，我抛下你远走他乡。如今，经过一番调查，我终于找到了害亚龙的人，并且潜伏在那个人的身边。待时机成熟后，我会用最痛苦的方式报复他！

不用怀疑这封信的真假，我知道你现在叫王志军，你和一个叫文琪的女孩谈恋爱。不过，她的父亲文建极力反对你们在一起。听我的话，远离文琪。否则，你会付出致命的代价！

按照我的吩咐执行，一起报复我们共同的敌人！

信没有落款，可“徐亚龙”三个字就证明了一切。

王志军抬头看了下挂在墙壁上的时钟，忽然浑身痉挛，一副痛苦不堪的表情。

他究竟要怎么做？

冷清的墓园，变异的怪物躺在墓园深处，似乎是听到了什么指令一般，全都齐刷刷睁开了眼睛，血红的眼睛散发出红光，让人心寒。怪物们手上长满了银白色的毛皮，四肢也变成巨爪，牙齿变成红色獠牙，背后还长出一条银白色尾巴，左右摇晃。

“唰唰唰……”每头变异怪物都收到了不同的指令，往指定的地方跳去。

在这样深邃的夜，又不知道有多少人遭殃……

PM.10:00，天涯路138号，身穿黑色T恤的男人，手里捧着一大束玫瑰花，站在一条弄堂胡同前，等候一个网名为“S”的女人。

“不会被耍了吧？”男人自言自语道。

几分钟之后，从弄堂里冲出来几个人将其打晕，然后用麻袋将他套上塞进了车里，为首的是一个面目狰狞的矮子。

在强烈的白光下，男子睁开眼睛，他已经意识到自己被人绑架了。

男子的手脚被人捆绑住，躺在一张硬邦邦的“床”上，耳边传来狼嚎般的惨叫声。

“别伤害我，我给你们钱！你要多少我给多少！”男子嗅到危险的气息，慌慌张张地说道。

矮子完全没有理会男子说的话，只是疯狂地笑着，盯住男子，抬起手给他注射了绿色液体。

男子只见一把明晃晃的手术刀在眼前一晃，就失去了知觉……

第七章　许多年前的危机

（1）

刑侦队，办公室。

办公室的同事都已经下班了，只有周天和郑筱筠还在忙碌着。

郑筱筠焦头烂额地破译着王志军的QQ密码，从拿到账号开始，已经过去三个小时了，她却一点儿头绪都没有。王志军的密码保护级别太高，郑筱筠手足无措。

“我放弃了！”郑筱筠长叹一口气，可手中的鼠标依旧没有放开。

“不行就别勉强了，别忘了，我们还有一个人……”周天抚摩着郑筱筠的手，安抚着她急躁的情绪。

郑筱筠和周天对视了一眼，马上明白他的意思了。她递给周天一个U盘，头也不回地离开了办公室。而在这样多事的夜晚里，除了他俩之外，还有另外两个人没有走，一个是法医谢天亮，另外一个是局长郑龙。

（2）

时光倒流回许多年前，那时的天涯市还是一个不入流的小城市。

郑龙也刚刚从警校毕业，一场突如其来的变故，影响了他的一生。

那场生化危机爆发的日子是 7 月 16 日，22:00，郑龙在局里值夜班。他一进门就发现一片狼藉，所有工作人员离奇失踪，随着一步步靠近里面的房间，他听到有窸窸窣窣的声音。出于职业的本能反应，他右手紧紧握枪，打开保险，食指扣住扳机。

推开一扇门，通往办公室的走廊里放着一个巨大的麻袋，他踢了一脚，从麻袋中突然蹿出一只体形庞大的白老鼠！它用力甩动着尾巴，只见它浑身布满红色斑点，两眼发出红光，嘴里还发出“吱吱”的怪叫声，两颗大鼠牙上猩红的血液正在滴落。

“砰！”郑龙扣动扳机对准巨鼠的脑袋就是一枪，可那只老鼠并没有停下来的意思，一连开了几枪，才让那只老鼠躺在地上。

这是什么东西？警局里为什么会有这样的怪物？

郑龙心中产生了无限的疑问，他眼看着那只老鼠从身体里流出来的不是殷红的血，而是绿色的液体……

郑龙踢开麻袋，向里面移动，却没想到没走几步他看得心惊肉跳！

警局的地上躺着很多人，都是他的同事，全都死了，无一幸免！

“这究竟是怎么回事儿？！”郑龙悲痛欲绝，号啕大哭，“为什么？为什么？”

郑龙举步维艰地向局长办公室走去，推开门，一个异形人突然扑到他身上，嘴里流着绿色液体。他赶忙将怪物推开，连退好几步，对方再次飞扑而来。郑龙一个后空翻闪开，定睛一看，异形人倒在了地上，竟然不动了。

警局出现如此重大的事故，恐怕是郑龙一个人无法处理的，他忙到弹药库拿了火力强大的武器来傍身，然后拨通市局的电话准备请求救援，可他却发现通信设备出现故障！

一种不安的情绪在郑龙心中冉冉升起。

郑龙快步奔出办公室，欲逃出警局时，只见正前方散发出了红色的光亮。他瞧见异形人浑身布满白色皮毛，嘴里流着绿色液体，双眼血红。正拖着身子慢慢靠近他，越来越近，越来越近……

郑龙举起枪大喝一声：“停止前进，束手就擒！”

对方像完全没有听懂他说的话一样，跳着逼近郑龙。郑龙看到它的反应，完全没了主意，“砰”的一枪打在它的身上。而那家伙仅仅是身体晃动了几下，继续向前走……

“啪啪啪啪！”又是一阵扫射，异形人被轰开了花，一阵抽搐，跪倒在地。

郑龙抬手抹去额头上的冷汗，心中产生了疑惑，这究竟是什么东西？

“嘶嘶……吸血，嘶嘶……我要吸血，嘶嘶……”异形人突然又站了起来，一步一歪地向郑龙蹒跚而来，它的脑袋都已经被打烂了，竟然还能说话！

郑龙终于没办法忍受这份感官上的刺激，拿起枪对着异形人一通扫射，最终，它的躯体被轰烂了，绿色的液体溅了一墙，顺着墙壁缓缓流下。郑龙原以为能够松一口气，却不料那怪物还活着，举起爪子在半空中胡乱挥舞几下，才慢慢地失去了知觉……

郑龙背脊发凉，冷汗遍体，他重新回到弹药库，拿了几个弹匣，快步逃出了警局，他走出警局没多远，就看到有个人躺在地上，他忙跑过去看情况，却没料到是赵范赵队！

赵队趴在地上，伸手对郑龙求救：“救救我……”

“赵队，你坚持住，我送你去医院！”郑龙掏出手机准备打电话去医院，却一直无法接通。等他回过神时，赵队已经不行了。

“郑队……”赵队用微弱的声音说，“变……异形人……”还未说完，便断气了。

“赵队！”郑龙心如刀割，他和赵队一直都是并肩作战的好同事，如今却落得如此下场。

郑龙心想，一定要找出这里面的缘由！他钻进车里，驱车准备去市局看看情况，却不料车刚开到三环路的岔口就遇到了交通混乱。

市中心的位置，车辆横行乱撞，惨叫连连。天涯市陷入一片混乱，郑龙的耳边充斥着接连不断的喇叭声，人的喊叫声，所有人的脸上都写满了惊悸，如同科幻片里的世界末日降临！

郑龙一脸哑然，“这难道就是世界末日了？！”他哀声感叹。

天际闪烁一束巨大光亮，瞬间照耀一切。紧急警报声的空鸣！这种响彻天际的警报声，在天涯市从来都没有发生过！

郑龙钻回车里，突然，一群异形人不知道从什么地方冲了出来。

他猛踩油门，在这危急关头，顾不得那么多，直接往前撞。

马路上到处都是异形人，郑龙已经分不清哪些是正常人，哪些是异形人！异形人不知道从什么地方跳出来，到处撕咬。这让郑龙突然想到了还在家中的妻儿，他更加担忧。

为了自己的妻儿，郑龙把车速在市区内提高到一百迈，他必须要第一时间赶回家里，确认妻儿安全。

郑龙家的楼下挤满了异形人，它们拖着软绵绵的躯体拍打着大门。为了家人，他顾不得纪律，拿起枪扫射着面前的异形人，他要为自己杀出一条血路。

异形人被他扫得体无完肤，满身喷射出绿色的黏稠液体，面目扭曲。有的异形人缺胳膊少腿，身体仍然在前行；有的更加厉害，脑袋都没了一半；有的只剩下一半躯体，面孔恶心，让人作呕。

在这些异形人群中，郑龙看到了两个熟悉的面孔，那是守门大爷和他的小孙女。守门大爷歪着嘴、弓着腰，慢慢逼近郑龙，每前行一步就怪叫一声。郑龙耳边一阵风刮过，只见面前变异的守门大爷身上喷出大量绿色液体。小孙女又扑了上来，郑龙刚要做出反应，小孙女被打中喉咙，顷刻倒在了地上。

郑龙回头一看，身后并没有人，只有一片异形人倒在地上，他突然明白了，站在他身后的一定是狙击手！

守门大爷与小孙女倒在地上，浑身血脉迅速膨胀，瞬间经脉爆裂，化作一摊绿色液体，留下两具残骸。

郑龙见情势不妙，赶忙钻入车里，以现在的这种情形，他猜测妻儿或许已经遇难！于是，他一手打火换挡，一手关上车门，猛踩油门，撞飞异形人群，冲出一条路。

凌晨5:30，郑龙来到了西南市求救。

西南市在短短十几个小时内修建了巨大的隔离墙，把异形人拦截在外，左侧有一条小型地洞，能进入其中。隔离墙后面，站着装备精良的公安干警、急救人员、特警。

郑龙穿过地洞，被三名特警拦住："请出示您的证件！"

"我是天涯市公安局的刑侦队队长，我要见你们特警队长蒋峰！"郑龙猛然推开面前的人。

"听着！上级有令，天涯市人不得入内！"三名武警把枪对准了郑龙的头吼道。

特警队长蒋峰听到了郑龙的声音，从队伍中冲了出来喊道："放下枪！"

"蒋峰！"郑龙见到他非常高兴，"还好，我能活着来见你！"

"天涯市感染了变异病毒，都变成吸血的异类，被吸血的人也会变异，成为新的吸血异形人！我们接到上级通知，将所有感染了变异病毒者都隔离起来。"蒋峰说道，"天涯市沦陷了，邻近的城市跟我们一样，都建了防护墙。"

郑龙眉头紧锁问道："蒋峰，究竟发生了什么事儿？"

"上级下达命令，昨晚天涯市一处墓园突变，墓园的守陵人前来报案说有怪物在疯狂咬人，还变成了异形人！警局、武警支队、特警总队，还有各大医院的电话都响个不停，都处于紧急戒备状态。市政府领导马上颁布措施，紧急建起了防护墙。可是，那些异形人因吸不到人血很快就会丧命，防护墙前面堆满了异形人，堆成了一个小山包，一具叠着一具。我们又不敢去救治，异形人会到处攻击啃咬活人，就怕所有人都将被感染，到最后都会变异了啊……”

“那领导打算如何处理？”郑龙隐隐觉得他的妻儿已经遇害。

“用火或者强硫酸烧这些家伙，当然这是非常时期采用的非常手段。”蒋峰叹了一口气，他也不想看到这样的场面。

“全部用火烧？那可是几十万人的生命啊！”郑龙心揪着疼，这些异形人中说不定就有他的亲人，他怎么能够忍心看着他们被活活烧死？

“唉……”蒋峰又叹了一口气，做这些决定的时候，他也感到很无奈。

“蒋峰，看在我们兄弟一场的份儿上，你能不能借我几个人，我要去救你嫂子！”郑龙在这种危机时刻并不是在开玩笑，蒋峰犹豫再三，还是咬牙答应了。

（3）

凌晨 6:30，郑龙带着一行人，开着车赶到了天涯市。

天涯市里的异形人倒了一地，整座城市如人间炼狱。几个特警与郑龙闯入他的住所，很庆幸，他看见家门紧闭，妻女尚未遇害。

他掏出腰间的钥匙，打开门后，屋内漆黑无光。

郑龙手里提着冲锋枪入门，几名特警轻手轻脚地靠近卧室。

“慧丽？”郑龙发现妻子躺在地上，早已断气。

慧丽脖子上有两个红色牙印，背部有五条抓痕，这显然是被异形人撕咬的伤痕。

郑龙被愤怒冲昏了头，他一拳打在了墙上，手上的疼痛根本无法和心中的伤相提并论！他捂着脑袋大声咆哮道：“不！谁能告诉我，这都是为什么？！为什么？！”

房间里发出浓烈的腐臭味，在空气里疯狂蔓延，郑龙的尖叫声被沉闷的哭号声代替。一阵急促的拍门声将郑龙从悲痛中拉了回来，一件令他毛骨悚然的事发生了——他的妻子复活了！

“唰……唰……唰……”变异后的妻子慢慢地向他移动，绿色液体顺着它的嘴落到地板上。

郑龙看到她脖子上戴着的蓝色璞玉，一眼就认出了是他的妻子。他实在是不忍心下手，便一脚将慧丽踢倒，自己发疯似的逃走了……

郑龙钻入车里，眼泪混合着鼻涕一起流下来，心中悲愤无限扩大。活人感染病毒、吸血、变异者，无疑是一种未知的生化病毒在迅速传播。一夜之间，整个天涯市的人都感染了。仅仅十二个小时，病毒便传染数十万人。

郑龙冷静下来之后，开始思考，病毒究竟是从什么地方传播出来的？

郑龙注意到了从异形人尸体上流出来的绿色液体，似乎所有人的血都变成了这种颜色，那么感染病毒难道是从这儿传播的？只在一夜之间，全市的人就被感染，然而为什么只有墓园的守陵人报案？唯一的疑问就只有那个墓园，他敢肯定，墓园是病毒的源头！

可很快，郑龙就推翻了自己的想法。为什么守陵人没有被感染？他能平安无事地打电话报案？而市里过半的人都感染了病毒，无一幸免？难道……

半年前，一家外企在天涯市投资了一个生化研究所，这件事惊动了天涯市的很多领导，身为天涯市刑侦队队长的郑龙陪同局长一同参观过那家生化研究所。极有可能是生化研究所爆发了病毒，因为研究所经常用各种动物和植物做实验，动物的体内注射了失败的药物，从而产生变异，体内的细胞结构也开始巨变。只要咬了人一口，就能感染被咬者，病毒也会借此传播！

而那个生化研究所，就在墓园后面。

想到这里，郑龙立马驱车前往蒋峰那里，他更加确定，病毒的携带者就是那个守陵人！

见到蒋峰第一句话，郑龙就说道："病毒，是守陵人传播的！"

蒋峰瞪大了眼睛盯着郑龙，诧异地问道："你说的是那个守陵人？"

"对！"郑龙点着头说道，"你可以查一下他是不是我们天涯市的人，这样你就知道了！"

"果然！"蒋峰顿了一下，"其实我昨天也怀疑过，所以查了一下，他的名字真的不在户籍中……"

"啪啪——"门外传来一阵高过一阵的拍门声，毫无疑问，西南市昨晚也被攻破了。

郑龙与蒋峰合力将屋里的柜子和床搬来抵门，又把自己装备好，随时准备加入战斗。

“蒋峰，现在是非常时期，我俩要并肩作战，我们绝对不可以被这些异类感染！”

“眼下只有背水一战了！”

郑龙一脚踢开窗户，往下一看，满大街的男女老少，皆是满面狰狞的异形人。他们浑身覆盖着银白色皮毛，拖着身子，行动速度缓慢。

地上还有不少残缺的肢体，有的只剩下半截身子，从他们身体里涌出来的不是鲜红的血液，而是绿色液体。活着的变异者发狂般地咆哮，嘴里吐出臭气，它们仿佛能嗅到活人的气味。不远处，还有许多同类抓狂地吼着，蜂拥而来。

郑龙和蒋峰眼看着有几个人从楼里跑出来，很快被团团围住，脖子被异形人啃食着。那几人发出痛苦的号叫，拼命挣扎。异形群体一拥而上，活人被活生生撕开，饥饿至极的异形人抓狂地伸出爪子，随意撕咬……

鲜血如喷泉一样射飞老高，后面的异类群体慢慢压了过来，试图找寻剩余的食物。

郑龙看了一眼蒋峰，问道：“蒋峰，我们如何是好？”

千钧一发之际，不知道从哪里发出一个声音：“活着的人，立即到警局门口来！”

郑龙一听到这声音，就知道是援助的军队到了！

蒋峰与郑龙举目远眺，坦克、警车，每辆车上都焊有坚固的钢化玻璃，车门也焊上了铁板加固。

车辆在异形人群里迅速穿行，每辆车上都有一名驾驶员，副座上一名士兵装备机枪保护驾驶员，他们是负责在驾驶员牺牲的情况下随时替换，交叉射击感染了病毒的人，相互掩护及营救幸存者。

每辆车的顶上都装有喇叭，不断循环播放：“有没有人活着？”

五辆改装车辗过变异群体，机枪不停地扫射，活生生压出一条路来。后面的车慢慢靠拢，车内的人都从车里跳出，而后掷出飞虎索，沿着楼壁攀登，翻进有幸存者的阳台。

每名负责营救的士兵身上还备有一根绳子，绳索的一端拴在货车上，爬上楼接近幸存者之后再将另一端紧紧地拴在阳台上。最后，让幸存者顺着这条绳索下到货车上。车上的士兵不但要掩护营救者和幸存者，还要随时注意周围涌过来的异形人。

郑龙看到了生机，他没有脸面喊出“救命”二字，而是举枪对着天空一阵空鸣。

不一会儿，郑龙面前的阳台上多了一条飞虎索。

郑龙让蒋峰先进入到安全区域，他才顺着飞虎索快速滑下，成功脱离危险……

（4）

一场浩劫席卷了天涯和西南两座城市，一夜之间，无数居民遇害，不过这个消息很快被领导封锁，成为当年高度机密，一般人都不知晓，甚至没有查阅档案的资格。

郑龙站在窗前泪水夺眶而出，他的手里还拿着一张泛黄的老照片，上面是一张全家福。

他苦苦追寻多年，但依然没有查到变异病毒的源头，而那个守陵人也不知所踪。

“局长？”郑筱筠见郑龙的办公室有光，走进来问道，“您怎么了？”

“唉，没事儿！”郑龙快速把照片收起来，“案子有什么进展？”

郑筱筠摇摇头，一副难以启齿的模样说道：“每个案发现场都留下了相同的东西，所有的器官都不翼而飞，被害者的脖子上都有红色的獠牙印，女性被害者的背上都有抓痕，脚边都有一摊绿色液体，这所有的一切都成为谜题，让周天和我完全没有了头绪。”

“獠牙印？绿色液体？”一瞬间，郑龙再次想起那场浩劫，“筱筠，带我看一下！”

郑筱筠点了点头：“好！”

他们迅速来到太平间，郑筱筠扫视一圈，发现被害者躯体都不见了，谢天亮也不在。

“这……这是怎么回事儿？”不祥之感油然而生，郑筱筠不知道如何解释。

郑局长走进来，看到实验台上的绿色液体，他快速走过去，拿起试管研究起来。

“怎么会这样？”郑局长暗道。

当年那场浩劫，满街都是异形人，到处都是恐慌与尖叫，在郑龙的脑海中一直盘旋着，始终不能挥去。他记得最清楚的一幕是那些异形人被火和强硫酸燃烧的样子，每个人都会发出痛苦的哀号，浑身抽搐，身体在瞬间爆裂喷出绿色液体。最终倒在地上，化为一摊绿色液体，生命就此完结。

而那场浩劫夺去了十几万人的生命，若今日变异病毒再度爆发，那么传播速度一定比最初要快上多倍，后果更是不堪设想！

正在郑局长犯难的时候，周天走了进来。

“局长，您怎么来了？谢天亮呢？”周天打量四周，没有发现谢天亮的身影。

而太平间里的尸体，已经证明了文琪说的一切，看来她说的变异怪物都是真的！

郑局长叹了一口气，手里拿着绿色液体的试管，愁容满面地说道：“小周啊，看来天涯市会再次面临一场大劫难！”

郑筱筠不解地问道：“再一次？局长，你说的是什么意思啊？”

于是，郑局长将当年的那场劫难，给他俩讲述了一遍，这让周天和郑筱筠大跌眼镜！

郑筱筠惊呼道：“原来坊间流传的生化危机事件并非子虚乌有啊！这太恐怖了，如果满城都是异形人，那……”

“难道那个守陵人还活着？”周天对问题的根源十分感兴趣。

“不清楚，那场劫难后，我也调查过一阵子，却毫无音信……”郑局长有气无力地说着，“我绝对不会让生化危机再次爆发！我相信当今发达的科技，一定能研制出破解病毒的药剂！我们一定要抓紧时间！”郑龙惆怅地走出了太平间，他实在不想记起多年前的那场噩梦。

郑局长走后，周天问郑筱筠：“你看到谢天亮了吗？”

“没，不知道他去了哪里，我一进门就是这个样子！”郑筱筠看到局长心情不佳的样子，和周天说了一句追了上去。

周天的手紧捏下巴，他的脑海里回想着文琪对他说的那些话。

为什么只有她一个人看见了那些跳动的异形人？谢天亮又去哪儿了？

异形人，这是多么不科学的存在，居然还带有科幻色彩。不过，听完郑龙的话，周天开始有点儿相信了，毕竟现在的科学技术和基因改造技术太恐怖了！连克隆人都能弄出来，还有什么是不可能的呢？

文琪从妈妈的墓园回到家中，她收到了从时光机那买来的记忆快递。

快递里装着一张泛黄的照片，照片上一个是她，另一个是夏天。她们靠在女生寝室楼后面的大榕树旁，脸上洋溢着幸福的笑容，像无所不谈的闺密一般。看到这张照片，文琪头疼欲裂，因为她完全记不清是什么时候的事了！

这张照片好似一把锤子，一下一下敲击着文琪的心，让她久久不能平静。她能分辨出来，照片绝对不是电脑合成，难道这都是真实存在的？文琪突然想到了“时光机”，对方一定知道什么隐情！

文琪不顾一切地打开电脑，在QQ上搜索到时光机，直截了当地问道：“你认识我对不对？你究竟是谁？还知道什么？”

时光机很快回复给文琪："我只是个卖记忆的人，别的无可奉告，当然交易除外！"

"既然如此，那我和你买 11 月的记忆！"文琪不信邪，她一定要把幕后者抓出来。

"合作愉快。"时光机说完，马上下线了。

文琪的目光再次移到那张照片上，夏天究竟要对自己表达什么？当初又发生了什么？

不等文琪想到答案，电脑提示音就响了。文琪看了一眼，竟然是夏天的 QQ 在闪！

"最初，你和我一同在大榕树下发誓，难道你忘了吗？"夏天的对话框里血红的字体写道。

"什么？夏天，你究竟死没死？我忘记了之前发生的事儿了！"文琪完全失控，快速打字过去。

"呵呵，按照我说的做，不然我就让你来陪我！"夏天那边说道。

"好，你想让我做什么？"文琪已经迫不及待了，她失去了所有的依靠，现在只能自己继续查下去。

"我会来找你的！"说完这句，夏天的 QQ 头像变黑了，她已经下线了。

文琪不相信这世界上有鬼，可她却真实看到过夏天复活出现的情景。这又该如何解释？时光机又是谁？对方怎么会知道自己的记忆呢？

文琪头疼欲裂，再也没有力气多想，于是她关了电脑，躺在床上思考着。

与此同时，笔记本电脑里一直有一双眼睛，无时无刻地窥视着她……

（5）

午夜梦回，文建再次从同一个噩梦中惊醒。

文建从床上坐了起来，抹去额头的汗水，睡衣被冷汗打湿，黏糊糊地粘在身上，很不舒服，他起身去客厅的沙发上坐下，点燃了一根烟，脑海中又盘旋着许多年前的往事，而每次噩梦他都会梦到同一个场景。

对于那场噩梦，文建再也不想提起。为了麻痹自己的神经，他冲了个凉，换了身衣服，出了门。

沈凌眼睁睁看着自己的男人在午夜时分走出家门，却敢怒不敢言，她明知道自己随着岁月的痕迹慢慢变老，更知道文建是一个什么样的货色，但除了咬着牙任凭眼泪往下流，其他什么都做不了……

文建开车来到金玉满堂，一进门徐美丽就热情地迎了上来，她娇媚地说道："文老板，你可是好久都没来了呀！"

文建一眼就看到了站在徐美丽身边的赵连成，他冷着脸问道："哟，徐老板有男朋友了？"

赵连成对文建微微一笑，伸出手和他打招呼："文老板好，我是美丽的老公赵连成。"

文建也不是小气的人，一只大手握了上去，回头对徐美丽说："一切照旧，我先去包房。"

"一切按计划进行。"赵连成松开徐美丽的手，一副和她素不相识的样子。

徐美丽还真不适应赵连成这副嘴脸，她一个劲儿地抛媚眼，问道："你真对我没感觉吗？"

赵连成冷"哼"一声，完全不顾徐美丽的存在，走出金玉满堂。他前脚才走出大门，徐美丽的电话就响了起来，她看到那个名字，忙接起电话。

"事情进展怎么样？"电话里传出十分威严的声音。

"我办事你放心，一切都在计划之中。"徐美丽唯唯诺诺地回应着，好像很怕那个人。

"千万不要有任何差池，不然后果你清楚！"电话挂断了，只剩下阵阵"嘟嘟"声。

徐美丽听到这里，心中一惊，看来马上就要到紧要关头了！

清晨，文琪就来到大学对面的奶茶店等王志军，可对方一直没出现。王志军没等来，文琪一抬头却看到了走进来的周天。

"周警官？"文琪打招呼，"你怎么在这儿？"

周天不能说是跟踪过来的，随便扯谎说道："来查案啊！死了那么多人，现在还没找到凶手呢！"

"哦……"文琪的目光黯淡下去，低下头继续喝着奶茶，"我好久没见到王志军了，他不知道去哪儿了！对于案子，我想对你说一件事儿，昨天晚上夏天竟然上网和我说话了！我怀疑有蹊跷……”

“啊？”周天愣了一下，“夏天都已经死了，怎么和你聊天？不会是有人盗了她的号吧？不过王志军这家伙，他怎么了？你最后一次见他是什么时候？”

“真的！你怎么不相信我呢？夏天说她还会找我，我真的看到她变成异形人出现在墓园！就是那天王志军和我最后一次见面那天！”文琪十分肯定地说着，“三天前的晚上，王志军说要去赴约，还不等我问清楚，他就把我打晕了，醒来后我去了妈妈的墓地，就是在那儿见到变成了异形人的夏天！”

文琪的这段话包含的意思太多，周天盯着她的眼睛思考着。三天前，王志军大半夜去见谁？如果是单纯和朋友见面，为什么要把文琪打晕？而两天前的早晨发现了孙林的尸体，这里有没有什么必然联系？

“文琪，难道你没有别的要和我说吗？”周天问道。

文琪一脸难为情的样子，半晌儿才支吾着说道：“嗯……其实……其实我觉得，王志军好像有什么事情瞒着我，他打晕我的那天之前，曾经说要干掉孙林。不过也是因为孙林太过分，他偷拍了我和王志军约会的照片，然后散布到了学校里，导致我俩被开除了……”

“啊？”周天没想到这里面还有这么多的隐情，“那你觉得孙林的死和王志军有没有什么关系？”

“你千万不要误会！”文琪忙解释道，“或许王志军只是一时冲动才说的那些话，但是我相信他不会杀人！”

周天对于文琪的话半信半疑，毕竟文琪自己还没有洗脱嫌疑。当周天从奶茶店出门后，本想去调查一下死人屠宰场，一打开钱包U盘掉了出来，他嘴角动了动，转变了想法。

周天来到王志军经常上网的黑网吧，他一进门，张老板就站了起来，周天没多说话放了十块钱在张老板手里，挑弄了一下眉梢。张老板顿时明白了周天的意思，把在16号机器的小孩儿打发走，把机器让了出来。

张老板又连忙跑出去买了一盒好烟，连同周天的十块钱一同还给了他。

周天没理会老板的举止，把U盘插入16号机的端口，电脑成功破解王志军用过的三个QQ密码。

这是两个男号和一个女号，女号名为“S”，两个男号分别为“一座城”和“时光机”。

王志军用这么多QQ是来做什么的？周天突然想起那天神秘男人与王志军交易的场景，难道他们是用QQ交流的？

对于王志军，周天产生了无数种想法。

王志军是土生土长的天涯市人，品学兼优、性格和善。尽管家境贫寒，却能够始终坚持半工半读照顾生病的母亲。他考上大学之后，更是系里老师和同学们都喜欢的学生，尤其是张昂教授，对他也算是期望有佳。可这样的王志军，却一直屈居于赵伟身后，始终做着他的影子，如果不是因为赵伟死了，他可能永远都拿不到张昂教授的这个课题研究！

周天似乎明白了些什么，这一切并不是和文琪有关系，而是王志军。

赵伟和王志军是宿敌，文琪是他的女朋友，张昂是他的老师，孙林和他产生了冲突！那么这三个人的死完全就可以解释通了！

一个谜团解释清楚，可更大的谜团再次袭上头来，另外几个女生又是怎么一回事呢？这让周天陷入了一个解不开的漩涡之中。

周天对着16号机苦苦冥思、沉思不语。两个眼珠在眼眶里转个不停，嘴里叼着张老板给他的香烟。他对这个案子越来越感兴趣了，这已经不算简单的连环谋杀案了，这些案子背后肯定隐藏着一个巨大阴谋。

问题还没有思考清楚，一阵手机的铃声彻底扰乱了他的思绪，他掏出手机一看，竟然是谢天亮！

周天马上接起电话问道："亮子，你跑哪儿去了！"

"别说那么多，你来我的实验室，我有急事儿找你！"谢天亮说完就挂断了电话。

周天把手机装入裤子口袋，急急忙忙拿了U盘离开黑网吧，到达谢天亮指定的地点。

谢天亮已经在实验室等着周天了，周天一进门便吓了一跳。

"亮子，你这是干啥呢？"周天看着满地的狼藉问道。

"孙林的案子有进展了！在用仪器检测孙林的尸体时，我意外发现他的脖颈处有一些乌紫黑，而且死因非常怪异。经过我严密的检测，发现他其实是中毒身亡，之后才对他的尸体进行折磨！"谢天亮眯缝着眼睛说道，"这种手法，实在太残忍了！"

这时，谢天亮揭开停尸台的白色床单，一具白森森的骨架呈现在面前。这具骨架的骨节很长，骨头似乎已经开始褪色，脖颈处有明显的乌紫黑！在胸腔处，有一个刀刮过的小口子，骨头已经断裂，其余地方丝毫无损，完全可以当人体骨架标本！

这种手法的确很高超！

“你的意思是说，在孙林被人削骨之前，就有人对他下手了？”周天疑惑地问。

“没错，若能查出是谁下的毒，自然就能找到幕后黑手！”谢天亮摸着下巴说道。

难道是他？周天立刻想到了王志军，可眼下王志军也凭空消失了，这该从何查起？这时，他忽然想到了停尸间里丢失的尸体，直接问道：“局里停尸房的尸体呢？怎么都不见了？”

谢天亮抿了抿嘴唇，欲言又止……

看到谢天亮一副为难的样子，周天也没继续逼问，他主动和谢天亮说起了那场大灾变……

第八章　最无辜的受害者

（1）

文建一夜都没有回来。沈凌不愿每天醒来的时候对着保姆和冷冰冰的家，这对一个女人来说什么用都没有！可文建似乎从来不在乎她的感受，更不关心自己的死活！她再也无法忍受这样的日子了，她要知道自己的男人每天都在忙什么！

沈凌突然想到了一部电影，她就像里面可怜的女主角，被男人劈腿了还蒙在鼓里。她是一个聪明的女人，她永远都不会让自己站在被动的位置上，她要开始反击！

沈凌翻找书房，找到了很多名片，在这堆名片里，她眼前一亮，看到了一个名字——易田。他是一个私家侦探，这不就是能帮助她最好的利器吗？

沈凌给这个叫易田的人打了一通电话，约他在咖啡厅见面详谈，临出门的时候，沈凌把那张名片明晃晃地放在了客厅的茶几上……

保姆王姨看到那张名片之后，嘴角动了动，不怀好意地笑了。

沈凌到咖啡厅的时候，易田已经到了。

坐在沈凌对面的这个男人，看上去三十多岁，相貌普通到掉进人堆里都认不出来，略微消瘦，戴着一副眼镜，穿着十分随意。但是，眸子里却闪烁着一股精悍之气。

沈凌并不在意他的外貌，挺着大肚子对他说道：“我想让你调查一下我丈夫有没外遇！”

简单直接，易田已经明白了她的来意。他用手指敲着桌子，说道：“预付一半定金，十五天之后，在这里我给你关于他私生活的一切，然后付另外一半。”

沈凌完全没有怀疑易田的半个字，直接把一沓钱塞进他手里，笑着说：“好，我等你消息！”然后，转身离开咖啡厅。

看着沈凌离去的背影，易田笑了。这个傻女人，一定不知道他是谁，不然她绝对不会找到他！

易田还有另外一个名字——李维嘉。

李维嘉知道，从一开始沈教授和文建就是一根线上的蚂蚱。沈教授如果倒霉了，文建的日子也不好过。只是李维嘉没想到，沈凌竟然也开始蠢蠢欲动了！

离开咖啡厅后，李维嘉去了一家私人医院。他推开办公室的门，发现里面的人已经等他了。李维嘉恭恭敬敬地将桌上的投影仪打开，把手里的照片投射到了那个人的面前。

屏幕上马上呈现出了一个人年轻人帅气的脸，他的双眼炯炯有神，仿佛可以融化一切，这个人就是——王志军。

天啊！太像了！简直就是从一个模子刻出来的！

坐在椅子上的男人眉头紧皱，他完全想不出，除了那个人之外，他还能是谁！他隐藏了那么多年的秘密，难道就要在这小子的手里葬送？他绝对不能让这种事情发生！

男人身体微微动了一下，他指着李维嘉，冷冷地说道："干掉让你调查文建的女人，不留痕迹！"

"好！"李维嘉一口答应下来，显然，他对这个男人也充满了敬畏感。

李维嘉推门走出办公室，坐在椅子上的男人还在想着什么。

当年的秘密，真的要被揭开了吗？王志军和文琪走得那么近，难道这件事她已经知道了？不！他不能允许这种事情发生！

皎洁的月光洒在沈教授的身上，在李维嘉离开后，他从办公室走出来，站在医院的走廊思考着刚刚领命离开的李维嘉，能不能成功解决掉那个女人？毕竟，对于他来说，解决掉沈凌是一个不能有任何差池的命题！

虽然沈教授和文建的私交还算不错，可也绝对不能因为她是文建的妻子就手下留情。或许，这个多事的妻子已经知道了文建的猫腻儿，他一定要让所有的知情者都闭嘴！

夜里 3:00，沈教授已经做完了最后一个手术，刚从手术室里走出来，心情大好。他刚刚处理的是心脏搭桥手术，除了家属给他塞的红包之外，还得到了一大笔的"劳务费"，因为患者的心脏配型是他帮忙找的。钱真是个好东西，人人都喜欢，沈教授当然也不例外。不过，他不缺钱，这些年他和文建做的那些勾当足以让他富甲一方！

沈教授和文建认识多年，他俩相互扶持发了家。文建表面上十分听从他的话，毕竟他们是同一根线上的蚂蚱。随着他们的钱越来越多，野心也越来越大，文建也开始不受控制了。

沈教授从手术室出来之后，他收到了文建的信息，约他谈“生意”。

沈教授当然明白文建约他谈的内容，赶忙洗了手回到自己的办公室，收拾一下，准备赴约。

这一次，文建要向他介绍一个老大。文建是只老狐狸，每次要谈重要生意的时候，都会选择一个十分隐秘的地方。当然，这一次也不会例外。

沈教授也不是傻子，这些年和文建合作，一直都没有出过差错。就算是他们交易，沈教授也不会用自己的名义，而是让合作方把钱都打到他养子李维嘉的银行卡上。更何况，像文建这种老狐狸，沈教授也要有防备之心。说不准哪天就会翻脸，他们都互相抓着对方的小辫子，一旦反目成仇，两个人都将万劫不复！

沈教授的办公室里有独立的卫浴，他洗了一个澡，对着镜子里那张不老的面容笑了笑。

他怎么看都不像六十多岁的人，脸上完全没有岁月的痕迹，宛如一个年轻小伙子！只是，他胸前的那道刀疤，让他清晰了已经模糊的记忆！

沈教授叹了一口气，隐隐觉得身体的某个部位开始不适，看样子他又需要吸收新的东西了……

“总有一天，我会为她报仇，郑龙你必须血债血偿！”沈教授自信满满地暗自说道。

沈教授换了身衣服，推开门，文建竟然站在门口！

文建见了沈教授，立马笑脸相迎，手里还拿着几张照片，问道：“老沈，你看看这张照片！我发现他和那人很像，要不要查一下？”

沈教授接过照片，看着照片上面的年轻人让他想到了很多事。他喜怒不形于色，铁青着脸点了点头，说：“嗯，确实有必要查一下，除了你我以外，绝对不能让第三个人知道这个秘密！”

“对，没错，他可能是那个人的儿子！”文建将照片放进口袋里。实际上，他比沈教授更担心，文琪和他走得太近，他可不想让女儿知道太多事！等他忙完眼前这摊事，一定要让文琪和他彻底分手！

“没事儿别来这儿找我，上次你都惹上警察了！”沈教授目光犀利地盯着文建。

“唉，还不是因为我那不争气的女儿，她好像在跟那小子谈朋友，我怕那件事儿败露啊！”文建叹了一口气，有些不好意思。

“无论是因为什么，就算天要塌下来，也要去金玉满堂见面，或者你有事儿告诉给徐美丽，让她转告我！”沈教授冷冷地哼了一声。

“好……”文建有些难堪。

“文琪在和他谈恋爱？”沈教授转头对文建说，“不如你回去问问，看从你女儿嘴里能不能问出点儿什么。如果他真是那个人的儿子，一定要除掉以绝后患！”

“好……”文建讪笑，沈教授竟然这么对自己，他对这老家伙早都已经不满了！早晚有一天，他要让沈教授知道自己的厉害！

（2）

文琪为了找王志军，已经不知道来他家楼下多少次了，可每次都是失望而归。

她再一次来到王志军家楼下，突然听到不远处有人骂着：“疯子，你再来捣乱，我弄死你！”

“哈哈……变异了！”欧阳婷从一个门市里跑出来，向大街上跑。

文琪见欧阳婷像个神经病一样，站在马路中间乱吼乱叫：“变异了……变异了……变异了……全都变异了……”

在吼叫声中，那女人眼里满是恐惧，笑容极度癫狂，文琪冲过去，把欧阳婷拉回来，问道：“阿姨，王志军去哪儿了？”

欧阳婷扭动着身体，试图从文琪怀里挣扎出来，她瞪着一双惊慌失措的眼睛，浑身开始发抖：“变异了，所有人都变异了！”

文琪扶着欧阳婷上楼，看着躺在沙发上的女人，眼圈有些泛红地又问：“王志军在哪儿？”

欧阳婷没有回答，只是不停重复：“变异了……变异了……”

文琪默默地坐在欧阳婷身边，此时的她已经不怕欧阳婷了，反而有点儿同情她。文琪伸出手拂着她柔顺的长发，抬头正好看见放在桌上的照片，这样幸福的家怎么就变成这个样子了？

“不见了，儿子不见了，和亚龙一样不见了。”欧阳婷突然从沙发上坐了起来，抓了一阵子，这时从沙发空里掉出一张纸条。

文琪一把夺过那张小纸条，上面写着：“要找我，上QQ。”

文琪认出这是王志军的笔迹，难道这个纸条是他留给自己的？

文琪不管三七二十一，把欧阳婷反锁在家里，就下了楼。

文琪直奔家门，一进门看到保姆王姨在家里拖地，沈凌坐在沙发上看电视。

“王姨，我爸回来了吗？”文琪选择无视沈凌，直接问起了保姆王姨来。

“没见先生回来。”王姨随口回了一句，继续拖地。

文琪从头到尾都没看沈凌一眼，径直走入卧室，打开电脑登录QQ，在好友搜索栏里打上“一座城”。

“王志军，你在哪儿？”文琪急忙发了过去。

五分钟后，“一座城”给她发过来一条消息。

“我忘了告诉你，孙林的死跟我有关系！还有，欧阳婷并不是我亲妈，欧阳婷告诉我，当年我爸在一场手术中意外身亡了。小时候我不懂，可现在我不是傻子，我已经查到了，那并不是一场手术，我爸是被人当成了实验品！”

文琪看着屏幕上王志军发给的自己消息，泪水顿时涌了出来，她焦急地问：“那你打算干什么？”

“以牙还牙！除了这个，我已经别无选择，我像一个傻子一样，叫了一个疯子几十年的妈，最后才发现她不是我亲妈，这太可笑了！”

文琪想要对王志军说，即便你做错了事，我也愿意等你，可这句话还没有发出去。

王志军发过来一句：“忘了我吧，为了你好。”

文琪再说什么，王志军都没有反应，他已经退出了QQ。

文建和沈教授分开之后，回了家。

他一进门，刚好碰到绷着一张脸的沈凌坐在客厅里。

沈凌冷言冷语地问道：“你昨天晚上去哪儿了？”

“啊？”文建怔了一下，说，“我在房里睡觉啊，今早接到公司有个客户要来，我见你睡得很香，就没和你说，一早就走了。”

“哦……”沈凌表面装傻，心里却一阵苦涩，文建都学会和自己撒谎了。

文建放下手中的公文包，坐到沈凌身边，拉着她的手说道：“我现在十分期待孩子的到来……”

文建那副皮笑肉不笑的模样让沈凌觉得恶心，她拉开文建的手，站起身向卧室走去。冷冷地丢给他一句：“我累了，我要去睡午觉了。”

沈凌的态度让文建感到有些诧异，往常那个柔弱的女人怎么突然变了样子？或许，怀孕的女人脾气都这样？文建没再多想，直接躺在沙发上，构想着他的发财大计。

沈凌回到房里默默流泪，没想到和她朝夕相处的丈夫，竟然只关心肚子里的孩子！她开始担心，一旦生完孩子她就会被一脚踢开，在文建的心中，她只是一件生育工具而已！

“文建，你若敢一脚把我踢开，我一定会报复你！”沈凌狠狠地把卧室里的一个花瓶摔在地上，“大不了我们同归于尽！”

文琪刚要下线，“时光机”发过来一条消息：“货已到，请查收。”

王志军都已经失踪了，文琪根本没心情去管“时光机”给她的货。

文琪没有回应时光机的消息，直接下线了。

文琪有些口渴，走出房间到客厅准备喝水。文建看到女儿心不在焉的样子，提起语调问道：“文琪，你和王志军还在交往吗？和我说说，你对他了解多少？”

文琪下意识地抬起头看着父亲，愣了一下，她很明白父亲话里的意思，尴尬地笑了一下说道：“我们已经分手了。因为他家庭条件不好，早年丧父，还有一个精神病的妈……”

“你是因为他家庭条件不好分得手？”文建追问，他太了解自己的女儿，文琪根本都不是那种嫌贫爱富的女生。

“对啊！因为他的家庭条件特别不好，配不上你的女儿，更配不上你啊！”文琪冲着文建吼道，“更重要的是，我已经被学校开除了，一个连大学都不能毕业的人，还有什么资格谈恋爱啊？”

“你……”文建气得差点儿吐血，“你为什么被开除？！”

“你有关心过我吗？”文琪眼泪在眼圈里打转，“我的事儿，你何时关心过？别假慈悲了！”

文建因为文琪说的话，把心中的疑问都咽了回去。

这么些年，他究竟做了什么，让女儿如此埋怨自己？他所做的一切，不都是为了女儿未来的生活吗？

（3）

孙林只剩下骨架的尸体被送到市局修复科，进行最后的复核查验。

结果出来不负所望，和谢天亮判断的一模一样。修复科的工作人员对凶手的手法佩服至极，如果这不是谋杀，真的称得上是一件完美的艺术品！

孙林的身份已经被确认无遗，而对于凶手，周天也有了八成的把握，现在最让他担心的是那边已经变异的东西。他害怕郑局长口中那个劫难再次发生。可为什么尸体在警局还能感染病毒呢？除非……除非有内鬼！

敌在暗，周天在明，的确有些棘手。

“规则”里的选定者，下一个被害人会是文琪吗？文琪陷入这个迷局之中，她和所有的死者都有脱不开的干系，除了王志军害死孙林这件事周天有把握，别的毫无头绪。王志军现在又找不到了，和他有关系的屠宰场，还有神秘男子，他们都是做什么的呢？

这时，谢天亮来了。

周天叹了一口气，他刚要和谢天亮说屠宰场的事情，谢天亮主动开口说：“那个和王志军有关系的屠宰场，一定有问题！你去让局长批一张搜查令吧，说不定有意外收获！”

周天拍着谢天亮的肩膀，嘴角上扬着笑了：“兄弟就是兄弟，果然默契！”

谢天亮看着周天那么信任自己，他突然觉得有愧于他，有些事情他很想说清楚，却已经过了开口的最佳时机。

周天找到郑局长签字，搜查令顺利审批下来。

一切，马上就要见分晓了！

周天手里掐着那张沉甸甸的搜查令时，突然想起了一件事没有和郑局长汇报，不过这已经不重要了，把凶手带回来就是给局长最好的礼物！除了要去调查屠宰场之外，周天还要去找另外一个人——文琪。

周天看得出来，王志军对文琪的感情十分深厚，只有把文琪跟紧了，自然能够发现王志军的踪迹。他又打算去王志军家看个究竟，在去他家的路上，还不忘给文琪打一通电话。

文琪接到周天的电话，约了周天在王志军家楼下见面。

文琪蹑手蹑脚地溜到大门口，轻轻地开门，即便她的声音很小，还是让睡在沙发上的文建有了反应。

文建从噩梦中惊醒，一身冷汗的他躺在沙发上一动不动，大口喘着气。在梦中，他重回到了多年以前的那场意外，他看到了一个消瘦的面容，还有耳边回荡的索命哀号。他就是个疯子，在梦中折磨了文建大半辈子的疯子！

文建狠狠地拍着自己的脸，让自己冷静下来，喃喃自语道：“不会，他已经死了，真的死了！他不会再出现在我的生命中……”

可那种熟悉感让文建十分清楚，他这明明就是自欺欺人！即使那个人已经死了，不在了，可王志军又是怎么一回事呢？从他第一次见到王志军时，他就对这个小子有一种莫名的恐惧感。

这个叫王志军的年轻人难道真是他儿子？

文建的心被恐惧攻占，嘴里不停地念叨着："王志军……王志军……王志军……"

文琪到王志军家楼下的时候，周天早到了。他在周围询问了一些邻居，所有人像对好了口供一样，一致说没见过王志军。

文琪站在周天的车旁边，不等文琪说话，周天先发制人："你是最后一个和王志军见面的人，而他又是你男朋友，说吧，他是不是刚和你联系过？"

"你凭什么来质问我？"文琪一听这句话就急了，"你有证据能证明他联系过我吗？你都不相信我对你说的话，那我也没必要和你废话！"

文琪并不是在故意隐瞒王志军和她联系过的事实，只不过就算说了周天也未必相信。

"哈哈……如果你不知道，你怎么能主动来照顾他的母亲呢？"周天一语道破。

"你跟踪我？"文琪拧紧眉头，"虽然你是警察，可你这样是在侵犯我的人权！"

"人权？好啊，那我现在有权力说是你把王志军的母亲反锁在家里的事实，不然你就交出钥匙，让我进屋取证！"既然文琪不讲道理，那周天也没必要和她废话，"来，钥匙交出来！"

“你已经被停职了，无权搜查！”文琪突然想起因为张昂教授被杀事件，周天被停职的事情，“我没有时间和你闲扯，再见，周大警官！”

文琪丢下这句话走远，看着远走的文琪，周天捏紧了拳头：“你不说，我也有办法！”

周天其实早就已经想好了两条对策，既然第一条行不通，那么就实施第二条，反正王志军家在二楼，又不高。王志军家条件有限，根本都没有安装防盗网，周天顺着楼外的水管上爬到了二楼阳台，打开窗户翻了进去。

屋里没有任何声音，不过却有一股十分刺鼻的味道，周天从厨房向客厅方向走去，鼻子里的味道越来越浓！他还没等进入客厅，就看到沙发上躺着一个人！

周天慢慢靠近沙发，发现这女人已经死了。从她身上的伤口来看，周天猜测凶器不是刀片就是剪刀。

如此随机的凶器，现在想要找到，真是大海捞针啊。不过，究竟是谁会对她痛下杀手呢？或者，这个女人知道关于某些事情的真相，被强行灭口？

但是只凭借周天一个人的本事，是没办法判断尸体遇害的时间，于是，他一个电话打回局里，要求局里加派人手过来，对现场进行全面勘查。

在查验现场的时候，周天不断地思考着一个问题：王志军是一个孝顺的儿子，怎么能丢下欧阳婷自己一个人在家？他难道就不怕自己的事情败露，让欧阳婷也陷入绝境吗？还是说，他是故意让她自己一个人在家的呢？

案情越来越复杂，周天的大脑也开始混乱。

没多久，谢天亮和几名同事赶到现场。谢天亮盯着尸体看了半天，问周天："你什么时候发现尸体的，天气这么热，房间温度这么高，尸体居然还没有腐烂，这不是很奇怪吗？"

"刚发现不久。"周天点着头也同意谢天亮的说法，"我是顺着外墙水管爬上来的，进门就闻到了血腥味儿，却没有半丝腐臭，你是专业的，这个问题交给你了！"

在此之前，谢天亮从来没有考虑到这个问题，是因为每次发现尸体都是第一时间，而这具尸体已经不知道多久了。他蹲下来，对尸体仔细查验，看到尸体腹部的绿色液体后，他有了一个大胆的设想。难道受热量和温度的影响？

"我知道了！"谢天亮打了一个响指，邪魅地笑着，"一定是空气与室温引发了绿色液体的化学反应！当绿色液体暴露在一定的空气湿润程度和室温均衡的情况下，它不会那么容易挥发，和防腐剂的效果一样！这也让我想到了在天涯大学张昂教授的尸体现场为什么会有防腐剂了，只因为实验室里室温较低，防腐剂是为了防止其挥发！"

周天拉着谢天亮的手，抿抿嘴唇说道："亮子，我太佩服你了！可惜你是个男人，不然我非亲你一口！"

谢天亮被周天这种表达方式弄了个晕头转向，完全飘飘然了。他不好意思地挠着头，说道："哎呀，亲我就不用了，要是让郑筱筠亲我一口还行！"

“滚！给你太阳就晒脸呢！”周天搡了谢天亮一拳，“我怀疑是王志军害死了张昂教授！”

“他？不太可能吧？”谢天亮有些摸不着头脑。

“亮子，我要去天涯大学一趟，这里交给你了！记住，你一定要保护好欧阳婷的尸体，它对破解绿色液体有着至关重要的作用！”周天丢下这些话后，一转身下了楼。

周天想到了在奶茶店调查孙林尸体时突然出现的男生，那个向他求救的男生，说不定他会知道一些关于王志军和张昂教授之间的事！

周天驾车往天涯大学狂奔而去，他要第一时间找到那个男生，对他稍微施加压力，他一定能说出一些“秘密”！却没料到，路程才走了一半，赵连成的电话打了进来。

“连成？”周天接起电话疑惑地问道，“今天怎么有空给我打电话？”

“没时间和你废话，金玉满堂出命案了，你过来一趟！”赵连成的语气十分焦急，“这是一个棘手的案子，我等你！”

同一天发生两起命案，这让周天有些手足无措。既然是人命关天的事，他只能先把那个男生的事先放一放，金玉满堂这边比较重要！毕竟，夏天、文建和这里都有着千丝万缕的联系！

周天赶到金玉满堂，看到赵连成在门口转悠着，见到他从车上下来，赵连成迎了上去，一边走一边说：“五小时前，刚才清洁工阿姨打扫卫生时发现301包房的一个男人躺在沙发上死了！我简单看过尸体，他嘴唇呈现出酱紫色，牙关紧咬住下嘴唇，双眼上翻，身体僵直。据我判断，应当是心肌梗死，左心尖瓣破裂，导致血液逆流，也就是常说的七孔流血！”

七孔流血？这种情形除了被人吓死，就是中毒了，究竟是谁做的？

周天定了定神，问道：“还有什么人是跟他一起来的？”

“有，可是和他一起来的那个人不见了……”赵连成模棱两可地说。

“不见了？”周天眉头紧锁，“我先看看尸体再说！”

走进301包房，周天看到那张熟悉的脸，他的大脑瞬间有些短路！他死了，他竟然死了！躺在沙发上的人，就是在天涯大学向周天求救的那个男生，他还没来得及找他谈话，就已经死了。

“我认识他……”周天叹了一口气，“查验孙林尸体的时候，这个男生和我有过一面之交，当时他特别惊恐，我以为……”

周天突然欲言又止，有些事不能对赵连成说太多，毕竟他现在已经不是警察了。案情复杂到已经不能用常态来形容，周天的大脑高速运转着，他越来越肯定一件事，刑侦队一定有内鬼！

他每走一步都会有人早知道，这个人究竟是谁？

（4）

王志军看到警方发布的一则新闻，方才得知欧阳婷惨死家中。因此，他彻夜未眠。

欧阳婷虽然不是他的亲生母亲，可毕竟和他在一起生活了那么多年，把他养育成人，这种感情不是一朝一夕就可以被抹掉的。一转头，他就会联想到徐亚龙被变成试验品的场景，他之所以被害，全都是文建一手造成的！

王志军微微闭眼，他的眼前呈现出文琪那张笑脸，这样一个单纯的女生怎么能和文建这种卑鄙无耻的家伙联系在一起？他的心被揪着疼。

在浑浑噩噩的幻觉中，王志军看到了徐亚龙被绑在一张硬床上，他嘴里嘶喊着："帮我报仇！报仇！"然后又出现欧阳婷的样子，她疯狂地在大街上也嘶喊着："都变异了，全都变异了！"

王志军从床上一坐而起，他再也不能这样颓废下去，一定要主动出击！

王志军下床，脱了衣服站在浴室的镜子面前，现在的他完全没有人样了，胡子拉碴，脸上也没有精神。他打开淋浴头，让水不停地冲刷自己的身体，他想要冷静，至少此时需要保持冷静……

文建得知文琪被学校开除后，动用了一些关系，把文琪转到了西南市的大学，他现在除了金钱和人脉，也没有什么值得让女儿自豪的东西了。离开天涯大学的她，重复着每天教室、寝室、食堂三点一线的生活，毫无生气。

每天，文琪从教室回到寝室第一件事就是给王志军留言，希望他有一天能看到。

"王志军，为什么一直不回我消息，发生了那么多事，我希望你能振作起来。不知道你有没有收到消息，你妈妈被害了……"

王志军看到文琪给他发的消息，心里酸疼。文琪真是个傻姑娘，他已经跟她说明了一切，为什么她还不肯放手呢？忘了不好吗？他把手放在键盘上，想要再发点儿绝情的话，让文琪永远忘掉他，可他又有些不舍。

文琪又发来一条："就算你不回我消息也好，我就是想让你知道，我一直在你身边……"

这一句"我一直在你身边……"不是王志军曾经对文琪说过的话吗？他却变成了这句话的被受者，文琪的这一句话彻底击垮了王志军心中的最后一道防线，他抬起手给文琪回道："谢谢你，我已经知道这件事儿了，不过她不是我亲妈，这已经不重要了……"

见王志军给她回消息了，文琪一下子从床上坐起来，忙打道："既然已经过去了，你为什么还躲着？是因为孙林的事儿吗？你究竟在哪儿？我想见你！"

"现在还不是时候……"王志军顿了一下，"我在谋划，我要为我父亲报仇！"

"报仇？"文琪又莫名其妙地紧张起来，"你不要再错下去了……"

王志军的头像已经黑了，他似乎没有看到最后一句话，文琪呆愣地盯着电脑屏幕，她的心里想着：王志军怎么变成这样了？

这几天，沈凌表面上是在家安心养胎，而实际上她一直在等那个侦探的消息。她的眼睛盯着电视的荧幕，可心早已经不在家了。

从厨房里传出一股香味儿来，想必这又是王姨在给她做好吃的了。从怀孕之后，文建也不经常在家，能够陪伴沈凌的只有王姨了。

王姨从厨房端着紫砂锅走出来，盛了一碗汤放在沈凌面前，笑意融融地说道：“太太，这几天你吃得也少，我特意为你煲了汤，这汤啊，对女人身体好，对孩子也好，你多少喝一些……”

沈凌的眼角有些湿润，她拉过王姨的手，说道：“还是你关心我，比文建强多了！”

看到王姨朴实无华的样子，她想到了自己的母亲，鼻子一酸，眼泪就要掉下来了。为了不辜负王姨的一番好意，她一仰头把整碗汤都喝下了肚。可喝了汤之后，她突然觉得天旋地转，头晕得厉害，没等反应过来，她已经倒在了沙发上……

“哼哼……”王姨的脸上露出了恶狠狠的笑容，她拿出已经准备好的绳索，把沈凌绑了起来，“为了我的儿子，我也不会让你好过！”

当沈凌再次醒来的时候，她惊恐万分，发现自己被人捆绑起来，她声嘶力竭地对王姨喊道：“王姨，你这是做什么？我……我……我没有得罪你……”

“太太，你别着急！”王姨拿着一个装了麻醉药的针管站在她的身边，“刚刚我给你喝的汤绝对能让你的孩子流产，现在我给你注射点儿麻醉剂，让你体验生不如死的感觉……”

“不要！不要！”沈凌扭动着身体，眼泪布满了脸颊，“你放了我，你要什么我都答应你！”

“什么都答应？”王姨似乎没有停下来的意思，她缓缓靠近沈凌的身体，“可是，我的丈夫和孩子，你们能赔给我吗？能吗？你说能吗？”

任凭沈凌在王姨的耳边说什么，她都听不进去。王姨像疯了一样摇晃着沈凌的身体，她扬起手中的针管，毫不犹豫地扎在了沈凌的身上。

麻醉剂很快就起了作用，沈凌的身体便失去了知觉。

王姨拿起一把刀……

（5）

文建刚刚谈成一笔大生意，他和沈教授正在金玉满堂潇洒快活，电话却不识相地响了。他看到是家里头的座机号码，眉头微微一皱，这几天他和沈凌的关系过于紧张，看到来电后心也烦了起来。

文建没好气地接起电话问道："老婆，怎么了？"

"哈哈……文老板，我刚送了一份大礼给沈凌和她肚子里的孩子……"王姨的声音突然出现在电话那边，让文建觉得有些奇怪。

"王姨，你说这话是什么意思？"文建焦急地问道。

"你回来看看吧，你当年造的孽，现在该还回来了！"王姨阴森森地说道，"害人偿命，害人偿命啊……"说罢，电话就挂断了。

文建的心里一惊，忙问道："你是谁？你怎么知道……"

"嘟嘟嘟……"电话里边只剩下了忙音。

沈教授发现文建有些不对劲儿，凑过来问道："发生了什么事儿？"

"当年那件事儿，还有人知道，我要去解决她！"文建拿起衣服向外走，沈教授在他的背后叮嘱："别留活口！"

文建飞奔出了金玉满堂，发动车子把油门一踩到底直往家赶。

沈教授看着走出去的文建冷笑了一下，徐美丽和赵连成从包房外面走了进来，三个人对视了一眼都笑了。

沈教授问道："都办好了？"

"按照计划进行！"徐美丽笑着回应。

沈教授拿起自己的衣服，走出金玉满堂。

文建从车尾厢里拿出一把小锤子揣到裤兜里，他已经做好了所有的心理准备。

家里的房门没有锁，轻轻一推就开了。房间里充斥着浓稠的血腥味儿，还有王姨阴冷的笑声。

"回来了？快来欣赏一下你的妻子！"王姨的声音从客厅里飘出来，这让文建不寒而栗。

"你到底是谁？"文建看到躺在地上一动不动的沈凌，身体上的伤痕足以证明她活不了了，"你为什么要害死沈凌？"

"难道你忘了？"王姨盯着文建惊恐不已的脸，手里拿着刀，一步步靠近他的身边说道，"当年你和一个姓沈的老家伙搞了一场生化实验，而被实验的那个人是我新婚没多久的丈夫徐亚龙！虽然他是个赌徒，名声不怎么好，可这也不能成为你们害死他的理由吧！你们竟然对外谎称，说徐亚龙在手术意外中死亡！这些年，经过我不懈调查，终于发现，他明明就是被你们做了试验品！你们的实验造成了大规模的生化危机，而他就在那次危机中变异了！"

文建干咳了两声，把手放在裤子口袋里，又问道："你叫什么名字？"

王姨说："王碧华！你想起来了吗？"

"王碧华？"文建心头一震，这个名字和徐亚龙一样，一直困扰着他多年。

文建的脑海里不禁浮现出一张面孔，渐渐由模糊变得清晰，那是王志军的脸。

"王志军是你儿子？"文建想了一下，大声道出心中的疑惑。他完全没有想到，这个保姆竟是那个赌徒的老婆。

"对！都是因为你！我一直没有和他相认。不过，他已经知道是你害了亚龙！当年，若不是因为那个叫欧阳婷的女人，亚龙也不会染上赌瘾，成为你们的实验品！知道吗？那个女人也被我干掉了！"

文建眼里闪过一丝异样，他不能让人把这个秘密泄露出去。否则，等待他的只有牢狱之灾。他的手忽然从裤子口袋里抽出那把小锤子，面露狰狞。他扬起脚，踹了王碧华一脚。王碧华闪开了，刚好撞到茶几角上，踩到沈凌流出来的血液，整个人滑倒在地。

"现在，只有你跟你的儿子知道这件事儿。我把你除掉，再把你儿子解决了，这事儿就没人知道了！"文建将小铁锤举起老高，奋力地对着王碧华的脑袋一顿狂砸……

王碧华去了天堂，她的灵魂上也被刻下了七宗罪里的——愤怒。她彻底让愤怒蒙蔽了双眼，最终，也付出了应有的代价。

这时，文建给沈教授打个电话，沈教授让文建把她们的尸体送到天涯路 138 号，到地方就会有人接应。

文建把两人的尸体装进了袋子里搬上了车，然后又重新回到家里，处理干净了地板，又冲了个澡，洗掉身上的血腥味。

等到时间差不多了，他开着车出了门。

第九章　故人之子来复仇

（1）

天涯路 138 号，文建的车停靠在路边，他抽着烟等待有人来接货。

对于这个地方，文建并不陌生，因为赵连成每个月都会和他在这儿见面交易。

当矮子出现在文建面前的时候，他愣了一下，把车钥匙交给了矮子后，他坐到了副驾驶的位置上。

矮子把车开进了屠宰场里，然后让几个大汉把袋子抬出来，所有的事情都办妥之后，矮子把钥匙还给了文建。

文建临走前，矮子对他说道："去金玉满堂一趟，有人等你。"

文建钻入车里，拿出手机看了一下时间，给文琪打了一个电话，可惜文琪的手机处于关机状态。文建启动车向金玉满堂开去，他并没有注意到在自己的车后面有一个人跟了上来。

跟在文建车后面的是乔装成老太太的郑筱筠，这丫头竟然跟到了这地方，如果让周天知道一定会骂她。

“时光机”竟然主动给文琪发货了。

文琪登录QQ，这时“时光机”的头像便闪了起来：“中午12:00，天娄山，收货。”

按照上次来看，“时光机”明明是邮寄快递给她，这一次是要到指定的地点取货吗？不等文琪再问什么，时光机已经下线了。但文琪还在奇怪，时光机怎么会定在天娄山那么远的地方？她揉着略微有些疼的头，正打算关电脑的时候，夏天的头像闪了起来。

文琪点开对话框，夏天在对话框里写道：“我来实现我的约定，明天中午12:00，天娄山。”

怎么又是天娄山？居然存在如此巧合的事？夏天说要实现约定，难道她是打算要夺去自己的命吗？文琪在对话框里打道：“你究竟要做什么？为什么要约在天娄山？”

夏天没有给她回复，头像黑了下去。

一种不祥的预感袭上心头，时光机和夏天怎么会同时约她去天娄山，难道在那有什么特定的意义？文琪不敢断言，只能找帮手来解决。她第一个想到的就是王志军，除了他之外，谁还能帮她呢？只可惜在这时他却联系不上了。这时，她又突然想到了一个人——周天。

文琪抓起手机，忙拨通了周天的电话。

周天看到文琪的来电，有些吃惊，这个时候她找自己做什么？

他接起电话，就听见文琪在电话那边着急地说道：“夏天……夏天在QQ上和我说话了，她约我明天去天娄山！我……我怎么办？”

“夏天？”周天紧皱眉头，“一个死了的人还能有什么用？难道，她会变成鬼把你吃了？”

“你还在怀疑我，要不要我把聊天记录截图发到你的手机上？”文琪已经被夏天快折磨疯了。夏天就像阴魂一样始终缠绕着她，永远都不能离开，每一分每一秒都在折磨着她。

周天停顿了一下，说道：“不用，我相信你。”

对文琪的怀疑，周天从来没有放松过警惕，不过今天她说的话也足以让他感到意外。如果这一切都是文琪自导自演的，那么她的目的又是何在呢？所以，他相信她说的一定是真话。

“既然你相信我，那我应当怎么办？”文琪再次重申刚刚的问题。

“在我回答你问题之前，你先回答我一个问题。”周天沉住气问道，“对于你父亲的身份，你可有所隐瞒？”这些日子通过郑筱筠的调查，他们已经确定了文建就是幕后指使，如果文琪连这一点都不说，周天悬着的心也不能放下。

“我父亲……”提到这个男人，文琪的心就有一种说不出的疼，“夏天和我说过，她说我父亲就是一土，操控所有事情的幕后黑手，即使如此我也不愿相信，可似乎这已经成为定局……”

周天心中终于有了定数，既然文琪也知道，那么十有八九就是真的。

“周天，你会帮我吗？”文琪的心很乱，很怕明天会发生变数。

“你放心，明天我会保护你，同你一起去！”周天心中已经有了盘算，“你按照约定到达地点就好，这边我会安排！”

周天想得十分周到，即便这件事不是文琪做的，她和这个案子也脱离不了干系，那就不如来一场瓮中捉鳖的好戏码。

从屠宰场离开后，文建直接驱车来到金玉满堂，他刚推开大门，就看到徐美丽迎了上来。

“哎哟，你怎么才来啊！”徐美丽缠上来，“老沈在包房等你很久了呢！”

文建冷冷地哼了一声，往包房的方向走去。在文建的心中，他早对老沈充满了恨意，如果不是他，自己怎么会一步步沦陷到这种地步？

有时候，文建真的很想一把把沈教授推到台前，自己坐在他身后享受渔翁之利，不过他也就只是想想而已。因为当年的那件事，已经把他俩彻底拴在了一起，无论是谁，都没有办法走出这个套子。

想到那些事，文建又不禁黯然失神了一下。眼下，他最心疼就是那个还没有出世的孩子，而对于沈凌，却没有觉得可惜，她只不过是一个女人而已，他从来都不缺女人。但是王志军和文琪在一起这让他有些意外，毕竟王志军是那个人的儿子！

文建推开包房的门，一屁股坐在沙发上，叹了一口气。

沈教授摇晃着手中的红酒杯，带着笑容问道：“怎么，心情很不爽吗？你不是刚刚才解决了一个，怎么这副表情呢？”

“当年的人回来了！”文建端起酒杯，“难道，我还能笑着跟你喝酒？”

“什么？你说那个赌徒，他不是挂了吗？”沈教授把酒杯放下，正了正身子问道。

“不，我说的是他儿子王志军！那个和我女儿谈恋爱的臭小子！也不知道他究竟了解多少隐情？”文建还没有喝醉，便感觉到昏昏沉沉了，不知是因为晚上太累，还是心太累。

“嗯？”沈教授有些吃惊，“找出来，干掉他！”

文建又何尝不想把王志军找出来，可是他已经和文琪失联了，这个臭丫头究竟去哪儿了？他的头越来越疼，只好靠在沙发上想着如何联系自己的女儿。

沈教授突然说道：“明天中午 12:00，去天娄山，一个客户约在那里。”

说完，沈教授推开包房的门走了出去，偌大的包房里只剩下文建一个人。尽管他被歌声包围着，却永远都无法掩饰他仇恨的心。当年的那件事，就是一场噩梦，永远纠缠着文建，让他无法从中走出来。或许，现在是时候落幕了，他要让所有知道这件事的人都消失。到目前为止，他已经处理得差不多了，只剩下两个人。

王志军，还有刚刚走掉的沈教授！

（2）

距离中午 12:00 还有 30 分钟，周天为了能够一次击破，没有通知警队的其他同事，而是带了另外一个人——赵连成。他相信这个曾经和他并肩作战的男人，可以助他一臂之力。

周天让文琪先上山去等着，他俩随后跟上去。

周天一方面担心文琪的安危，一方面也在怀疑夏天会不会真的出现。在经历了几次连环杀人案之后，周天对这个深不见底的凶手有着一种说不出的感觉，他的身份透着一股神秘感，让人完全摸不着头脑。

周天再次确定了他的计划不会有任何差池，现在只等鱼儿上钩。

文琪坐在天娄山上凉亭里，拿出手机给时光机发了一条消息："我已经到了，你在哪儿？"

时光机十分迅速地回了一句："别着急，还要等一个人！"

"是她？"文琪问道，难道时光机要等的人是夏天？

"不，是他，他才是今天的主角。"时光机否定了文琪的问题，因为等待的是个男人。

文建从家里开车出来的时候已经晚了，当他到达天娄山的时候已经过了预定时间。他停好车，上气不接下气地往山上爬。他心里一直存有怀疑，究竟是什么人能想出到如此刁钻的地方来谈生意！

十分钟后，文建总算爬上山顶，脸上满是汗水。他发现凉亭里坐着一个女生，看着她的背影竟然十分面熟，文建定睛一看，是文琪！

天娄山这种地方，三面都是悬崖峭壁，一个不小心就会跌入万丈深渊，这让文建的心中更是不安，他往前走了两步，刚要喊文琪的名字，文建的身后响起了一个声音："你来了啊！"

文琪寻声起身转了过去，她第一眼就看到了文建，而后见到了文建身后的王志军。

“王志军？”文琪的心里全都是疑惑。

“你……你是王碧华的儿子？”文建开口问道，“是你约我来这儿的？你想干什么？”

“干什么？”王志军上前一步，然后拉住了文建的胳膊，“你为什么要害死我的父母？”

文建完全愣住了，他不知道怎么当着女儿的面回答这个问题，他扭过头看着文琪，眼中闪烁着异样的光。

文琪见到这种情形，思绪完全紊乱。她怎么也想不到，会在这地方见到文建和王志军。她还不能确定究竟谁才是真正的“时光机”，谁又是“一土”，她缓缓地走过去站在两个人中间，想要听到一个答案。

文建回答不了王志军的问题，张了张嘴不知所措。

王志军再次吼道：“难道你就是这样龌龊的人吗？连自己做的事情都不敢承认？”

文琪的脑子“嗡”的一下子炸开了，她终于明白王志军话里的含义！她早就应当确定，父亲就是一土，是操控着一切的人！文琪一把推开父亲，站在了王志军的身边。

几乎是在同一瞬间，王志军的手掐住了文琪的脖颈。他阴森恐怖地笑着说道：“文建，我现在给你两个选择：第一，你从这里跳下去；第二，让她死在你的面前！”

“不要！”文建立刻上前一步，“王碧华已经害死了我未出生的孩子，我不想再失去文琪这个女儿！”

“哈哈……”王志军狂笑着，“琪琪，你看到了吧？他就是这么虚伪的人！”

文琪愣住了。父亲刚刚说的话是什么意思？王碧华害死了沈凌和肚子里的孩子？父亲怎么会知道？难道……文琪歇斯底里地冲着文建吼着：“我明白了，你就是一土，你就是一土！爸，你不要再错下去了，回头吧！”

“什么一土？我不是一土啊？”文建一脸不解，“你不要听信王志军的片面之词！”

文琪对父亲已经完全绝望了，她伸出手来指着文建，一字一顿地说道：“我没有你这种冷血的父亲！”

王志军特别喜欢文琪现在的反应，或许这就是他要的效果。

“琪琪，我真的不是什么一土，你不能相信他啊！”任凭文建如何解释，文琪都没有任何回应了，“一定是王志军！你说的一土是王志军！”

“哈哈……没想到啊，被你看透了！没错，我才是真正的‘一土’！”王志军丝毫没有要松开文琪的意思，他往前走了两步，靠近文建：“那时候我还小，妈妈和爸爸就离婚了。我是被欧阳婷养大的，而她对我说，我爸在一场手术意外中死了，我完全没有活下去的目标。直至我在天涯大学遇到了文琪，为了成为文琪眼中的骄傲，我不断地和赵伟争夺想要拿到做绿色液体的实验权。因为我知道，在你眼中，只有成功了，才配站在文琪的身边，成为你的女婿！可在我研究绿色液体的时候，却意外发现，我父亲当年的死并不是一场意外，那都是你一手造成的！你还记得那个赌徒吗？我，是他的儿子！我不姓王，我是徐亚龙的儿子！还有，在做实验的时候，我不小心被做了试验品的小白鼠咬了，我现在已经不是人了……”

文建被王志军说的话吓了一跳，他已经不是人了，是什么意思？

文琪的心也抽搐着疼，没想到她爱着的男生竟然变成了这般模样。她虽被王志军钳制着，却依然不忘追求真相地问道：“你为什么要这么做？难道，你就不顾和这些人的感情吗？还有，还有你的养母，她不该死……”

“我这么做都是为了你！”王志军低吼着，“为了和你在一起，成为你的伴侣，我必须成为有钱人，因此我被小白鼠咬了！变成了怪物，我没有选择的余地！我害的那些人都该死，全都该死！都是罪有应得！还有欧阳婷，她也该死！如果当初不是她介入我温馨的家，或许我爸就不会死！”

“不！不是这样的！”文琪害怕地哭了，“我爱的王志军不是这样的人，他不会这么做！”

“不会吗？哈哈……”王志军完全不受控制了，“你想知道我为什么出现在这儿？告诉你，我就是一直和你做交易的时光机。还有，你在女生宿舍后面的大榕树下挖出来的东西是我事先藏好的，为的是将矛头指向文建，让你怀疑他、恨他！你的电脑被我植入木马，可以远程操控，我用夏天的声音将你陷入迷局之中，还盗走了你没有写完的稿子《异形人》，为的是让警方怀疑你，所有的一切都是想引出文建！还有，你知道我为什么叫一土吗？因为‘一’和‘土’合起来是王，王志军的王！”

文琪彻底傻眼了，原来这一切都是一个局，她只是王志军手里的一枚棋子。

只是一枚棋子，这么简单，没有爱，没有感情……

(3)

“嘭”的一声枪响，一颗子弹从文建的身后擦过，直中王志军的左眼，这一枪是赵连成从树丛中蹦出来开的。

周天连忙从树丛中走了出来，他没想到赵连成身上会有枪，他怎么可能有枪？他来不及多想，也举起枪对准王志军说道：“王志军，你束手就擒吧！”

王志军的手在一寸一寸扣紧文琪的脖子，文建看得心惊肉跳，在千钧一发之际，文建提议道：“你别伤了琪琪，我做你的人质！”说着，便向王志军的方向迈了两步。

“站住！”王志军呵斥道，“就算你过来也于事无补，月圆之夜，天涯市定会爆发一场生化危机，你们都会变异！或许你们不知道，我很早就已经中了病毒，可能是我身体里继承了父亲被你们做过实验之后的基因，在我杀了夏天和赵伟之后，我竟然意外发现我有控制病毒的能力！或许，这还要感谢沈教授，我跟着他一步一步变强大，有钱有权，这才是男人应当有的生活！可我没想到的是，这么多年之后，我竟然收到了亲生母亲的信，她把所有的事儿都告诉了我。文建，你的恶行已经完全暴露了！”

“王志军，难道你以为自己能逃脱法律的制裁吗？”周天凛冽地问道。

“我当然知道，这是不能的，可又怎样呢？你根本没有证据抓我！”王志军嘴角露出的笑意让周天有些胆寒，“周天，你自以为聪明，那你知不知道，张昂教授也是被我害死的？我当时就是让你停职，不过现在看来并没如我所愿！”

听了王志军的话之后，文建恍然大悟，王碧华费尽心思主动找上门来当保姆，只是为了潜伏在他的身边报复。

“我的孩子啊，我对不起你！”文建一个箭步冲上去，推了文琪一把。

文建力气很大，王志军往后退了几步，眼看就要掉入万丈深渊。可就在那一瞬间，他蜕变成了异形人，但他的意识却十分清醒。他睁开血红的眼睛，盯着文建，愤怒已经到达了顶峰，恨不得撕裂文建。他松开了抓住文琪的手，一步步靠近文建。

“你为什么要害这么多人？”文琪在王志军身后声嘶力竭地哭喊道，“不要这样，王志军你回头吧！”

“不！”王志军咆哮道，“我需要钱！有了钱，我想要什么就能有什么！”

王志军想起自己这些年遭受的不屑，情绪变得格外激动，胸脯急剧地起伏，脸变得通红，爪子也跟着舞动，用极快的速度闪到文建面前，扼住了他的脖子，文建觉得自己的气管快被捏断了，胸腔里如同塞了一团棉花。

王志军在文建耳边大声吼道："这些年我所遭受的痛苦，都会以十倍的代价还给你！"

"那……那不是我一手造成的……"文建突然觉得自己现在胆小无比。

确实如此，当年是沈教授出的主意。当年，沈教授找到文建的时候，他只是一个卖保健品的小商贩。是沈教授帮文建挖到了第一桶金，在沈教授的驱使下，文建的事业越做越大，就这样走上了错误的道路。沈教授利用职权之便，做起了很多坏事情。文建到了后期才知道，沈教授还在做人体实验，研究人类的DNA螺旋分子结构。

当年，徐亚龙的那场意外，当然文建也有责任。他知道这是一场生化实验，不过文建是个识时务的人，他知道该怎么做。生化研究以失败告终，两人将徐亚龙埋到了天涯市的一处墓山上。但始料未及的是：因为那一场实验，全城爆发了生化危机。文建担心露出马脚，将这件事彻底隐秘了，只字不提，以为这样就能瞒天过海。

文建把所有的事都和王志军交代清楚，他不能让自己蒙受不白之冤，至少也要把沈教授拖下水！

"他是主谋！"文建脱口而出，"全是沈教授在指使我！我只是他的替罪羔羊！"

（4）

王志军已经对文建判了极刑，"文建，无论你说什么都好，反正是你害死我爸！"他刚要下手的时候，只听两声枪响，两颗子弹正中他的左眼，他摸着中了弹的眼睛，鲜血流得满手都是。

这时，文建快速逃到周天和赵连成身后。

“文建！”王志军近乎疯狂地吼叫，“你给我滚回来！”

王志军随手抓过在身边的文琪，要挟道：“你们都别靠近我，否则她就要死！”

从表面上看，王志军是掐着文琪，实际上他完全没有用力。

“王志军，收手吧，你的目的已经达到了！我爸他会受到法律制裁的！”文琪试图劝说王志军。

“琪琪，我已经没有退路了！就算要投降，也会带上几个垫背！反正，不出几日，我的异形人队伍便会毁灭这座城市，所有人都要为我陪葬！”王志军在文琪的耳边说道，“等到月圆之夜，整个城市都会覆灭！”

“王志军！”文琪还要再说些什么，耳边竟响起了枪声。

“嘭！”又一枪，子弹正中王志军的头部，血喷到文琪的脸上，这一枪也是赵连成打的。

周天疑惑地看看赵连成，他不解赵连成这样做到底是出于什么用意？

“琪琪，谢谢你，让我体会到了什么是真爱。这辈子能认识你，我很高兴。我给你留了一样东西，你看完后就能想起两年前所发生过的事儿。记住！和我一起挖开埋葬的秘密，化解一场不必要的危机！”说完，王志军一把推开文琪，转身往背后的万丈深渊跳了下去。

文琪冲出去，看着万丈深渊，撕心裂肺地咆哮：“不！不！

你为什么要这么傻！为什么？”

文琪看着深不见底的深渊，她知道那个最爱她的男人永远消失了。这一切都是文建造成的！他伤害了自己的母亲，又伤害了最爱她的人！

这时，周天擒住文建，用手铐把他铐起来，跟赵连成一同押其回警局。

文琪傻傻地站在原地，显然，她还不能接受这个事实。从这一刻起，她人还活着，但已经停止了思考。

在去警局的路上，文建一直都在回想和王志军多次见面的情景，任凭他再悔恨也回不去了，如今等待他的只有班房。不过，他并不感到悲伤，嘴角泛起一丝诡笑。

周天开着车往回走，途经一条小路的时候，被一群暴徒开着车挡住了去路。一时间，从车上跳出一群手持重武器的人来，对准他的车一顿扫射。

为首的暴徒叫嚣道：“赶紧放了车里的人！否则，你们别想活着离开！”

周天慢慢走下车，只见那个矮子走过来，对他吼道：“放下武器，双手抱头。”

周天认出了矮子，他见到过一个神秘男人和矮子的交易。

“好了，文大老板，您可以出来了。”矮子抬着手里的枪笑道。他举着双枪走过去，分别用枪口抵着周天跟赵连成的脑袋，眼里满是嘲讽。

另一名黑衣人拿走了周天身上的钥匙，文建缓缓走下车，那名拿了钥匙的黑衣人替他解开了手铐，文建不屑地看了周天一眼。他知道，无论发生什么事，沈教授必然会救他，因为沈教授在周天身边安插了一个内线——赵连成。

周天只能眼睁睁看着文建和那帮暴徒驱车离去。周天拍了一下脑袋，自怨自艾道："就这么轻易让他逃了！"让他疑惑的是，为什么半路会跑出一群人？难道是走漏了风声？还是警局里有内线？

"回去开一张通缉令，全城缉拿文建！"赵连成在一旁提醒着。

周天瞧了赵连成一眼，叹息道："嗯，唯有如此。"

市局，郑局长办公室。

郑龙整个人气得脸都绿了："周天，你怎么回事儿？"

"我……我……"周天不知该如何面对郑龙，"立即抓捕沈教授，全市通缉文建。不过，还要保护关键证人文琪！"

周天通过天娄山之行，完全搞清楚了整个案子是怎么回事。原来，"一土"就是王志军，他是幕后的异形人，而在金钱的驱使下，沦为了奴隶。不过，他也看得出来，王志军确实喜欢文琪。至于文建害了王碧华，以及他和沈教授一起的那些勾当，后续可一一侦破。

"你去准备一下，我会通知市里的领导加紧防范，组织科研力量共同研究。"郑局长对周天说道，"还有别的问题吗？"

"没有了，我这就去准备！"周天从郑龙的办公室走出来后，直奔停在外面的车上。

周天开着车往屠宰场的方向驶去，他希望在第一时间能够找到些许证据。可他的大脑一直在高速运转，为什么消息会被透露？这次的行动除了自己之外，只有赵连成一个人知道，难道……

恰巧这时，赵连成出现在他身边。周天不想猜忌兄弟，于是直接问道："连成，你究竟要隐瞒我到什么时候？"

"什么意思？"赵连成反问。

周天摇摇头，把车子停靠在路边，叹了一口气说道："我和你认识这么多年，我没办法把你和徐美丽这种女人联系在一起。从我接触这个案子之后，你每次都会在关键时刻出现，给我提出很有建设性的意见，这不难让我开始对你产生想法吧？说说吧，你为什么要这么做？"

"是，我是沈教授的内线！五年前我就开始替他卖命了，因为他救了我一命。"赵连成终于说出了事情的原因，"沈教授得知我和你关系密切，便安插我到你身边，当起了他的内线。神秘液体那番话也是他教我的，警局里太平间白鼠变异，是我偷偷将他给我调配好的液体注入进去的。对于今天的事儿，也是沈教授想除掉文建。可怎么也没有想到半路冒出了王志军和文琪。后来，无奈之下实行了第二计划。我偷偷给矮子通风报信，让矮子在半路将文建救走。"

周天看着赵连成，嘴角抽搐着，他笑着说："你走吧，我什么也没看到。"而实际上，他是想通过赵连成掌握更多的消息。

赵连成临下车之前，塞了一张纸到周天手里，他说道："我走之前送你个东西，它是我冒着生命危险偷来的。"

周天摊开纸一看，上面是一堆化学反应方程式。然而他是化学白痴，根本看不懂。他把那张纸收起来，打算回去让谢天亮研究。

而现在最重要的地方是屠宰场。

第十章　幕后那个操纵者

（1）

屠宰场里血味弥漫，里面空无一人，显然已经全部撤离了。

一个同事在周天身后说道："周队，我查过了，里面没有人，不过……不过里面有很多骨架，难以辨别身份。"

"哈哈，他以为这样就调查不出身份了吗？"周天嘴角动了动，"把骨架都搬上车，回去一具一具检验！搬完之后收队！"

这次行动还是走漏了风声，不知是赵连成说了出去，还是另有人通知？

周天心里产生了一种不祥的预感，难道自己身边有两个内鬼？

回到警局后，周天一脸歉意地看着郑龙。

郑局长听完周天的话，挺直了腰问道："你的意思是警局里还有内线？"

周天点点头："难道你没有发现？我们每次行动，对方都比我们快一步，我们一次次的行动都失败了，这说明什么？"

郑局长狐疑片刻："有怀疑对象吗？"

周天叹了口气说："我现在没有证据，不过我有办法引其出来。"

"好，那你自己看着办。"郑局长说完离开了。

周天离开郑局长的办公室后，直奔停尸间找谢天亮，然后把化学方程式给他看。

谢天亮瞪大了眼睛盯着那张纸，兴奋地说道："太好了！这是破解绿色液体的化学方程式！"

"这些东西你专业，争取早点儿弄出来，可避免一场生化危机！"周天交代道。

"放心，我一定尽全力研究！"谢天亮拍打着胸脯笑道，"不过这里面有几种东西也挺难找，要找到特别的药剂，然后配成相当的比例，才能彻底攻克神秘的绿色液体，我会尽力而为！"

两个人聊得正欢时，郑筱筠推门进来说道："我有最新发现！"

周天眉梢一挑笑了，然后把郑筱筠拉出停尸间问道："发现了什么？"

"我们一起吃饭，我慢慢和你说！"郑筱筠拉着他的手往外走，"对了，我已经把文琪安顿好了，你放心吧！"

周天笑着揉着她的头发，点着头。

天涯市是一座说小不小、说大又大的城市，在这种地方想要藏一个人很容易，周天想要把他找出来十分不易。他忙了一天，还没有吃上一口东西，便拉着郑筱筠从警局出来，准备吃口饭，也正好和她聊聊关于案子的事情。

周天坐在郑筱筠的对面，可满脑子都是案情，他开口第一句话说的还是案子：“你要把文琪照顾好，她现在可是非常重要的证人！”

郑筱筠一脸不悦地哼道：“放心，我已经安排好了！真不知道你是我男朋友，还是文琪的男朋友，一开口就问她。”

“哎哟，这是吃醋了嘛！”周天笑着说道，“我不是想快点儿破案吗，郑局可答应我了，这个案子一破马上给咱俩放大假结婚去！”

听到结婚这两个字郑筱筠的眼睛开始放光，可马上她就收敛了一下情绪，娇嗔着说道：“谁……谁说要嫁给你了！”

周天特别喜欢她现在的模样，这才是筱筠原本应当有的娇羞，他又调戏道：“你啊！你看你满脸都写着，娶我娶我，快娶我！哈哈哈……”

“讨厌！”郑筱筠轻轻地拍了一下周天的手背，“还不快点儿钻研案子！”

“是，我的女王陛下！”周天哈哈大笑着，“不过说实在的，我怀疑局里还有人是内线，为什么每次行动都会受阻呢？”

郑筱筠一边吃着菜，一边回应道：“对于这个案子涉及的人并不是很多，你有没有仔细排查过呢？或者，那个人一直在你身边，你始终都没有发现！比如……比如说我啊，嘿嘿……”

周天当然知道郑筱筠是在开玩笑，可她的这一句话也让周天陷入了沉思中，或许，那个人就真的在自己身边，像赵连成一样，完全没有戒备呢？

吃完晚饭后，周天要送郑筱筠回家，被她拒绝了。郑筱筠心疼地说道："你早点儿回去休息，我自己可以的！怎么说我也是警察，不会有危险，这些日子你太累了。"

这些日子周天的确太累了，自从发生了连环案之后，他就没有睡过一个安稳的觉，甚至有几天晚上根本都睡不着！周天打算今天早点儿回去，回局里取点儿东西后立刻回家。

（2）

警局里停尸间的灯还亮着，周天站在楼下突然想到了谢天亮，他觉得谢天亮最近有很多奇怪的地方，又联想到发生的一系列古怪泄密事件，他的心中不免结了一个疙瘩。难道，他真要怀疑自己的好兄弟吗？但他并不是很确定。

上楼后，周天在门外看到谢天亮在里面忙碌的身影，但还是起了恻隐之心。

周天敲了敲门，问道："你怎么还没回去？还做实验呢？"

"嗯，我想尽早研制出来！"谢天亮回头看了一眼周天，"不过真的太难了！哎……"

周天看他的表情就知道，想要把这么多年没有攻克的难题拿下来，的确不容易。他从停尸间退出来，临走时留了一句："早点儿休息，我回去了。"那些想说的话都被他吞进了肚子里，兄弟的感情真不能随意破坏啊。

周天离开警局后直接回了家，这些日子真的太难了，连一个安稳的觉都没有睡过，坐在沙发上看着电视的周天，没一会儿就睡着了。

在睡梦中，他梦到了文琪，那个已经失去了所有的姑娘……

郑筱筠和周天分开后，她去了文琪藏身的地方。

那个藏在弯弯绕绕的巷子里的居民楼，除了郑筱筠之外，可能再也不会有人想到了。她在附近买了一份外卖给文琪，希望她没有被饿坏了。

“文琪，出来吃饭啦！”郑筱筠开门后喊道，可房间里却一点儿声音都没有。

郑筱筠打开客厅的灯，发现卧室的房门紧闭，突然有一种不祥的预感。她把外卖放在茶几上，忙敲了敲门，房里还是没有任何反应。郑筱筠着急了，一脚踹开了老式房门的锁，卧室里空空如也。

文琪不见了！

郑筱筠的大脑“嗡”的一下子就炸了，一个大活人竟然一下子就没了？此时此刻，郑筱筠心乱如麻，立马拿出手机给周天打电话。

周天刚接起电话，郑筱筠忙不迭地吼道：“周天，快来！出事儿了，文琪不见了！”

一句话，把周天从朦胧的睡梦中拉了出来，他顿时清醒了三分，拿起衣服冲出了门。当周天来到郑筱筠的房子，她已经把屋里屋外找了好几圈，却一点儿蛛丝马迹都没有找到！这让周天有种不祥的预感，总觉得文琪会有生命危险。

周天不顾一切带着郑筱筠迅速来到了文建家，可家里也空空如也。在询问了文建邻居之后，获取了一个消息：文建谎称自己带着家人出门旅游了，所以房子被空置了下来。

周天不禁暗想着，在文建消失的十二个小时里，究竟发生了多少事情？文建，偌大的城市里你会躲藏在什么地方？

近距离天亮还有半小时，文建悠闲地躺在床上。

在天涯市里能有一个这样的避难所，对于他来说就是一个天堂。在这幽闭的密室里，有着最糜烂的生活，可在这样的地方，他究竟能藏多久呢？

文建开始思考，他不能在这里躲一辈子，更不能永远这样生活下去！不知道沈教授接下来对他有什么动作，在沈教授没有动手之前，他先下手为强干掉对方？可现在自己也依附沈教授，干掉他，自己又怎么办？

天空泛出鱼肚白，文建依然没有想清楚下一步如何是好……

（3）

从密室走出来的女人们回到了金玉满堂，她们获取了高额的报酬，却再也没有生命去享受，因为知道文建藏身之地的人全部都要受到“制裁”。

徐美丽掂量着自己手里的钥匙，心中对文建和沈教授产生了一个疑问。他们俩究竟是相互制衡，还是互相帮助呢？无论是什么，徐美丽都不希望让文建活在世上，如果他被抓，自己也会被牵连。只可惜，沈教授暂时不让动他，徐美丽也只能住手。

徐美丽让人解决了那几个女人后，拎着一个黑色的塑胶袋来到私人医院，她被矮子带进了地下室。幕后的主使人沈教授就藏匿在此。

沈教授盯着徐美丽手里拿来的塑胶袋，嘴角露出了一丝凛然的笑容，他指了指椅子说道："坐吧！给文建那老鬼安排的事儿顺利吗？"

"十分顺利！"徐美丽笑着说道，那几个姑娘不是免费午餐，其中有几个已经感染了艾滋病，"他对我还没有起疑心，用不了多久，他就会发现自己病入膏肓了……"

沈教授爽快地笑出声来，徐徐说道："借你的手除掉文建，你不会怪我吧？我也是逼不得已，毕竟他知道的太多了……"

"不……不会！"徐美丽顿了一下，连忙解释道。

文建知道的事情多？那自己呢？她盯着沈教授脸上充满邪魅感的笑容，这种笑往往是他要灭口的征兆，她突然身体充满了寒意。徐美丽忙从椅子站了起来，说道："店里的事情很多，如果没有别的事儿我就回去了……"

徐美丽才走了两步，沈教授的声音冷冷地哼道："难道你认为自己可以活着出去吗？"

话音未落，他一个闪身，伸出巨大的手臂，扼住了徐美丽的喉咙。他的双眼血红，脸部扭曲，嘴里露出了锐利的獠牙，还伴随着绿色液体，浑身布满银白色皮毛，已经变成了一个异形人！

“啊——”徐美丽被吓得喊了出来，“放了我……放了我……”

“放了你？”沈教授没给徐美丽留任何机会，手中的力道加大，徐美丽脖子骨头断裂的声音在房间里炸开，她已经断气了。

沈教授解决掉徐美丽，然后吞食了桌子上黑色塑胶袋里的东西后，他的身体又重新变回了人的模样。这是他赖以生存的粮食，只有吞食了这些，他才能活下去，以不老不死的生命活下去……

沈教授重新回到了椅子上，他长舒了一口气，拿起手机给李维嘉拨了电话。

“顺利吗？”沈教授眯缝着眼睛，一副享受的神情。

“一切按照计划进行！”李维嘉犹豫了一下，回答道，“我不理解，为什么要安排在墓山？那里不是太偏了吗？”

“哈哈……要不说你年轻呢！”沈教授笑了起来，“这种病毒是利用什么传播的？尸体嘛，所以安排在那里完全是为了有更快的传播速度，这样才能实现我们策划多年的生化危机大计啊！”

想当年，沈教授的无心之失，造成了那么大的生化危机，这次经过他精心的设计，更是万无一失啊！

“原来是这样！”李维嘉在电话另外一边感叹，“看来我的确没有爸那么细腻啊！”

“要知道，在月圆之日，异形人是需要鲜血的，到时候整个天涯市就完全沦陷了！”沈教授只要想到这个，他的心就止不住地颤抖，这是他谋划了多年的计划，这个大计马上就要成功了！

站在一旁的矮子听到他们的谈话，凑上前来说道：“到时候不止天涯市，病毒传播的速度越快，沦陷的城市越多，到时候整个世界都是您的啦！”

沈教授当然明白矮子的心思，他悄悄地从身上掏出一把枪，不等矮子反应过来，他的太阳穴已经多了一个洞。

沈教授坐在沙发上盯着矮子的尸体，嘴角泛出了莫名的笑容。现在，已经没有人知道这个秘密了。

周天安排人去金玉满堂找徐美丽和赵连成，回来的人报说徐美丽从昨天晚上就没有再出现过，而赵连成也不知所踪！

对于整件案子，周天又重新做了一次深度分析，现在涉及的人越来越广，不仅仅是文建，在文建和王志军的对话中还隐藏了另外一个人——沈教授。而对于这个沈教授，周天不是很确定，他是不是自己曾经见过的那个沈教授。不过无论如何，现在首要任务是要找到文琪、徐美丽以及赵连成，这三个人对于案子真的是太重要了！

郑筱筠是周天的死穴，他不能让自己陷入感情的漩涡之中。他就是担心这个小女人会被案情牵扯，甚至被搅在里面无法脱身。于是，他马上给郑筱筠打了一通电话，让她不要再插手这件事。

周天把自己跟踪过王志军的视频交给鉴证科，希望在录像里能提取到有用的证据，还有视频里那个陌生的神秘男人，他又是以什么样的身份存在的呢？

在这种非常时刻，周天用了非常手段，他联系了通信部门，让通信公司监听了文琪的手机。

（4）

文琪从黑暗中醒来，睁开眼睛发现自己处在一个十分陌生的环境里，她眯缝着眼睛打量着整个房间，除了一张床和一张桌子之外，别无他物。

透过狭小的窗子，文琪可以看到外面的情况，天灰蒙蒙的，似乎快亮了，从窗子的夹缝中吹进来一股子腥黏的风，风中还夹杂着野猫恐怖的叫声。文琪瑟缩着肩膀，手脚都被绑在凳子上，这让她更加没有安全感，甚至不知道下一秒钟会发生什么。

文琪冷静下来思考着，她完全记不清是被谁弄到这儿来的，不过可以确定一点，一定不会是郑筱筠。她完全相信郑筱筠的职业操守，她不会做这么丧心病狂的事。可除了郑筱筠之外，还有谁知道她的藏身之所？难道是文建？她马上摇了摇头，尽管文建做尽了丧心病狂的事，毕竟她是他的女儿。

文琪又仔细地看了看四周，发现在简陋的桌子上放着一个烟灰缸，里面满是烟头，而那种牌子的烟并不是父亲经常吸的。这让她提着的心更放不下了，绑架自己的人究竟是谁？

文琪的手脚被粗麻绳子绑在椅子上，根本无法解开。她在椅子上左右摆动，椅子发出“嘎吱嘎吱”的响声。她想要找些东西把绳索弄断，却不料“啪嗒”一声，她和椅子一同倒在地上。

“啊！”文琪惊呼了一声。

门外的人听到了房间里的响动，赶紧用钥匙打开了门，紧接着一个男人走了进来。他就是李维嘉，沈教授的养子。

李维嘉把倒在地上的椅子扶起来，却没有要给文琪松绑的意思。

文琪看到他的模样被吓了一跳，他的目光凶狠，眼睛上竟然有烫伤的痕迹，十分恐怖。

“说！”李维嘉大吼一声，“那小子究竟给你留了什么？”

这句话让文琪一下子明白了，原来这个男人为的是王志军给自己留下的东西！

在王志军出事的当天下午，文琪就收到了来自王志军邮寄的快递，在快递里面文琪发现了一个QQ号码。登录QQ号码之后，在邮箱里她找到了大量关于王志军和一个人的交易记录，还有很多关于生化危机的图片。最主要的就是，在邮件里有一份储存文件，里面写着王志军从一开始谋划这一切……

这些，文琪就算是烂在肚子里也不会告诉给眼前的这个男人。她扭过头，一言不发，当完全没有听见李维嘉的话一样。

“别考验我的耐性！我有本事把你从郑筱筠手里抢回来，就有本事杀了你，而且都不会让别人知道！”李维嘉捏着文琪的下巴，恶狠狠地吼道，“你最好乖乖听我的话，否则你爸更没有好果子吃！”

“你要干什么？”文琪惊恐地喊着，“别打我爸的主意！”

李维嘉又怎么能听从一个小姑娘的话呢，他用文琪的手机直接给文建打了一通电话，接通后他先发制人地说道：“你女儿在我手上，如果想让她活着回去，准备好配方，今天晚上 23:00，送到天涯路 138 号！”

“你……你是谁？”文建在电话那边顿时没了主意，“什么配方，我不知道！”

“不知道？”李维嘉一把揪过文琪的头发，“和你爸聊聊天！”

“爸！救救我！”文琪撕心裂肺地喊着，“救我……”

不等文建有任何反驳的话，李维嘉已经把电话挂断了。他身体里的病毒开始肆意发展，很快他就变成感染了基因病毒的怪物了，但是意识还是十分清醒。他把带进来的黑色塑胶袋里的那些血肉模糊的东西当着文琪的面吞了进去。

文琪已经完全被吓傻了，面前的这个人和王志军一样，都感染了基因病毒吗？

天涯路 138 号？那就是已经废弃的屠宰场。

监听过文琪的电话后，周天认定绑架文琪的男人就是李维嘉。可他所提到的配方又是什么？难不成是能够破解基因病毒的解药吗？还有那间屠宰场，究竟承载了多少秘密？

周天不确定文建会不会去救女儿，可无论结果怎样，他都不能袖手旁观。

在郑局的指挥下，周天秘密安排好了所有的一切，这次他用的不是本队的人，因为他不想再发生任何差池。只要一次能抓住这个凶手，那么案子就破获了！

在周天临出门前，谢天亮发给他一条好消息，说他发现有一种物质能和绿色液体产生反应，说不定这就是一个良好的开始！

屠宰场的地理位置十分隐秘，四下冷清，不过这种地点有一个好处，平时根本都不会有人来，只要有人出现，那么百分之八十都是有问题的！和刑侦队配合的交警，及时给周天汇报，发现了一辆可疑出租车朝着他们的方向开去，车里坐着的人正是文建，里面还有另外一个男人，身份不确定。

周天按照交警提供的位置，开车迎了上去，说不定他可以抓个现行。果真，车没开出去多远，他就看到一辆出租车朝着岔路上开了过去，周天还在奇怪，文建不应当是去屠宰场交易吗？怎么临时改变了路线？他悄悄跟了上去。

车开到一个隐蔽的小树林停下，周天也下了车跟了上去，他第一眼就看到了文建，后面跟着的人是沈教授。

起初，沈教授和文建两个人在窃窃私语，只可惜周天距离太远，完全听不到他们说话的内容，可没多久两个人便争吵了起来。

先发制人的是文建，他对沈教授吼道："老家伙，你绑架了我女儿，快点儿把她放了！"

"嘿，饭可以乱吃，话可不能乱说！你哪只眼睛看到我绑架你女儿了？"沈教授的话让文建毫无反驳的能力。

"老头子，就算不是你亲自绑的，也一定是你找人干的！我还不了解你吗，这么多年，生意上的事儿，你都要拿主意，我根本就是你的一个傀儡！我受够了，今天我要弄死你！"文建将这些年来对沈教授的怨恨在这一瞬间都释放了出来。

"话已至此，我也不多解释，反正你也活不久了！"沈教授讪笑着，"文建啊，你还不知道吧？徐美丽安排到你那里的女人，她们都有艾滋病！”

“你这个畜生！”文建想起了之前的情景，立刻破口大骂。

“按王志军那小子说的话，你的灵魂上被刻下了一宗罪，它的名字叫淫欲！”说完，沈教授整个人疯狂地向文建飞扑过去，一下子将文建推倒在地，文建被打了个措手不及。

沈教授的面目瞬间变幻，双耳尖锐如同怪物，牙齿变得如同獠牙，一张恐怖到了极点的脸，左眼是人类的正常瞳孔，右眼是幽绿色瞳孔，嘴里还溢出大量绿色液体。沈教授对着文建的脖子狠狠地咬了下去……

周天目睹全程，心脏都快从嗓子眼儿跳出来了，这场面实在太刺激了！

沈教授解决了文建之后，以极快的速度逃离现场。

那是快到极致奔跑的速度，周天还没反应过来，人已经消失不见了。

周天十分恼火，没想到事情竟然会演变成今天这个样子，沈教授把文建害死了，那么今天晚上的行动岂不是又要失败了吗？

就在刑侦队其他人埋伏的时候，周天的同事小张从私人医院传回了一条消息。

小张说道：“在私人医院已经调查清楚了，沈教授滥用职权亏空公款，并且私下收取病人的回扣，这在医院已经不是一个秘密了。还调查到，沈教授有一个养子叫李维嘉。他们狼狈为奸，干了不少伤天害理的事情。”

“好，那边你继续跟进！”周天悬着的心总算是放下了一半，只要把今晚的行动再确定下来，那么就无后顾之忧了。这时，他看着文建遗留下来的手机，若有所思。

周天又悄悄摸回屠宰场附近，看了一眼时间，还有30分钟就到23:00。

文建已经被沈教授害死了，不知道约他的男人知不知道，如果知道了，他还会来吗？周天一直在担心，如果这个男人和沈教授是一伙儿的，那么今晚岂不是要扑空了？

时间一分一秒地过去了，直至过了23:00，依然没见有任何人要来屠宰场，四周静悄悄的，让人心生寒。

周天心中不免产生怀疑，究竟是这个人知道了文建的死讯呢，还是又有人做了内鬼，通风报信了？他无法下定论。这时，周天捡回来的文建的手机响了。

一个大大的笑容从周天的脸上绽放，看样子“他”还不知道文建的死讯。

不等周天把电话接起来，那边已经挂断了。

整整一队人，在屠宰场门外苦等了半宿，却连一个人影儿都没见到。

周天顿时明白了，警局内一定有内线！

（5）

这一夜算是白等了。

次日清晨，周天幸怏怏地回到了警局，而小张带给他另外一个惊喜。

小张神秘地把周天拉到一边，说道："我在医院查到了一个人，她是当初和沈教授一起处理徐亚龙手术的护士，她一定会知道一些别人不知道的隐情！"

"好样的！"周天夸赞道，"还有什么？"

"还有……地址！"小张把那个女人的地址交到周天的手上，"她叫杨琳，我找户籍科的人调查，你放心去就好。"

周天点了点头，对小张的尽心尽力十分赞赏："放心，这次如果立了功，我一定给你记上一大笔！"小张搔着头笑了，这都是他的本职工作，只要能帮助周天成功化解生化危机就好。

周天没来得及去跟郑局长汇报情况，直接拿着杨琳的地址跑出刑侦队。

杨琳的住所在老城区里，在这里到处都是破旧的老式建筑，那摇摇晃晃的楼房看着令人心惊胆战。周天带着忐忑的心敲响了杨琳的房门，来开门的是一个年过半百的女人。

她看到周天微微一愣，问道："你有什么事儿吗？"

周天亮出警员证，微微一笑地说道："您是杨琳吧？我来找您问一些关于徐亚龙的事儿，希望你能配合！"

杨琳的身体微微一颤，该来的早晚都会来，只是她没有想到这件事还会被翻出来。她把周天请进房间，给他倒了一杯水，说起了那件事。

当时，杨琳是医院里的女护士长，她仗着自己有几分姿色，便和沈教授保持着暧昧的关系。然而和沈教授走得近了，难免会知道一些别人不知道的东西，杨琳发现他做了很多见不得光的勾当，也因为她当时的年少无知，在金钱的驱使下，她一次次沦陷，帮沈教授隐瞒。而徐亚龙根本不是因为手术意外死在医院，而是沈教授用他来做实验，实验失败了，所以徐亚龙才会命丧黄泉……

这些年来，每一夜杨琳都被噩梦缠绕着，无时无刻不想着徐亚龙死前的模样，她没办法把这件事忘掉。

周天顿时明白了，原来王志军说的都是真的，从那时候开始，沈教授就干起了这些勾当，这不仅仅是文建一个人的错误，而是他们两个人共同谋划出来的大计！可现在文建也已经被沈教授害死了，文琪也不知所踪，当然也有可能真的是被沈教授绑架了，可他又是出于什么目的呢？既然文建都已经死了，留着一个文琪又有什么用？难不成，文琪一个姑娘还能知道什么隐情？而此时的沈教授又会躲在哪里呢？

周天带着这些疑问离开了杨琳的家，在回去的路上，他想到了一个很重要的问题。

难道王志军临死前给文琪留了什么重要的证物，又或者他留下的证物对沈教授不利？或许也只能这么解释，不然沈教授抓她做什么呢？

在这样一个有组织、有谋划的庞大犯罪组织里，沈教授起着决定性的作用，他要试图开启人类DNA的禁区，现在光凭借周天一个人的力量已经很难对付了。

周天回到警局后，直奔郑局办公室汇报情况。

“郑局，最近行动受阻，我依然坚持自己的看法，咱们警队一定有内线！”周天一进门就再次提出了这个十分严肃的问题。

郑局十分震惊，说道：“既然这样，那我们就设一个局，让他自己跳出来！”

“好，那我们一定要严密部署！既然不能让绑架文琪的凶手配合我们，不如我们就混淆视听，引这两个人一起出动！一箭双雕！”周天设想着，“也只有这样，我们才能继续往下调查！”

郑局看到周天脸上洋溢的笑容，心中也有了数；他偏袒周天的确是有道理的，这小子每次都会给他不一样的感觉。

周天离开郑局办公室后，本打算回家睡一觉，可他刚走出警局大门，一回头看到了停尸间的灯还亮着。他知道，这个时候谢天亮一定还在奋战，这是一场持久战，很苦，可是他却从来没有退缩过。

想到这里，周天要回家的念头也被打消了，又重新回到了第一线上。他推开了停尸间的门，开口问道：“怎么样，我的大法医，有头绪了吗？”

谢天亮回过头来，对周天微微一笑，不需言语，一个眼神足够。没有人能体会这种特殊的默契，周天看得出，谢天亮也在为这案子出力。如果谢天亮能够研究出破解神秘液体的药剂，无疑可以阻止一场新的生化浩劫，并且还能在生物界一炮而红，兴许还能颁发一尊全市最佳生物学家的小金人给他呢！

为了对得起谢天亮的努力，周天窝在凳子上陪他，可没多久，疲惫的困意袭上来，他沉沉地睡着了……

（6）

凌晨4:00，周天猛然打了一个寒战从噩梦中惊醒，他一抬头看到谢天亮还在做实验。

冷汗顺着周天的脸颊往下淌，他擦掉额头的汗，开口问道："怎么样？有头绪吗？"

"没有。"谢天亮耸耸肩膀道，"我不知道能不能研究出破解药剂。我担心生化危机再度重演，到时整个城市都会变成异形人的世界。如果能成立一个科研小组，联系市里所有的生化学家探讨，或许能有效果吧？"

周天知道谢天亮说得很有道理，不过这却不是他一个人能决定的。这时，他的手机响了起来。

周天没看来电，直接接起电话问道："你好，哪位？"

"想要研制成功，吸根烟吧！"说罢，电话另一端便挂断了。

周天愣了一下，电话那边的声音再熟悉不过，可赵连成这句话是什么意思？他是要帮自己吗？还只是说说而已？周天喃喃地说道："想要研制成功，吸根烟？赵连成，你说的话是什么意思？"

"烟？"谢天亮的眼前一亮，"我明白了！"

"什么意思？"周天追问，"难道这里的成分和烟里的成分有关联？"

谢天亮点着头，忙不迭地说道："没错！说不定这里面就有什么联系，赵连成绝对不会骗人的！”

任凭周天在谢天亮身边再追问什么，他都没有做任何回答，只是安心在那里做实验。

天已经泛出鱼肚白，这里也不需要周天的帮忙，他点燃一根烟走出停尸间。出了警局后，他拦了一辆出租车直奔王志军家附近的黑网吧，他希望在王志军的QQ号里能找到更多的解释。

清晨时分，网吧老板老张看到周天这张脸，忙不迭地站起来给他端茶倒水，周天没理他，直接坐在了16号电脑前，登录了王志军的QQ号。通过查询“一座城”的漫游聊天记录，他查到一个网名为“时光机”的QQ号，而且是王志军约文琪去天娄山前一晚的聊天记录，这说明了什么？而后，周天发现和时光机聊天的人竟然是文琪！

周天觉得奇怪，王志军为什么要给文琪发这些东西？难道，文琪一直都不知道王志军在利用时光机这个完全虚拟的身份吗？又或者，文琪本来就是参与其中的一员，只是她一直在撒谎？周天被这几个人绕的头疼，完全理不出头绪。

不过，有一点周天十分确定，那就是这件事和文琪脱离不了干系，否则沈教授不能想方设法抓她，说不定在她身上真可以挖出一些资料呢！人真是可怕的东西，为了自己的名誉，竟不惜一切代价！而这个主谋，能将自己隐藏在深处，必定是个反侦察高手。照这么分析，沈教授也未必就是幕后的主谋！

赵伟是生物系的“一把手”，同时也是夏天的男友。他被王志军害死，仅仅是因为嫉妒？按道理说，王志军并没有必要因为这个而解决掉赵伟。如果一定要找个理由，很可能是为了掩盖什么真相！或者，还有一种可能，那就是赵伟抓到了他的把柄。

如果说所有的事情均是由天涯大学生物系研究的绿色液体课题引起，那么幕后主谋很有可能是冲着绿色液体而来，他的目的是为了取得生物系里那一部分绿色液体！

换个角度，绿色液体是引起生化危机的重要组成部分，掀起生化危机，定会感染全城，特别是天涯市的市民。据郑局长所说，当年发生过一次生化危机，还有个神秘人隐匿了，根本不知道那人是否还活着。

难道，这次的主谋与当年的策划者是同一个人？如果幕后者是为了掀起生化危机，那么他最终目的又是什么？这个案子过于复杂，至今连主谋都无法锁定。有些事需要谨慎判断，要用不同的思维来看问题！眼见不一定为实，搞不好就会深陷谜团。

周天想到这儿，突然眼前一亮，为什么不把这起案子颠倒过来推理一番呢？

原来，周天一直以为罪犯只是为了犯罪。说不定，正是这一点让他走进了谜团，被罪犯的障眼法所迷惑。说不定，罪犯的根本目的并不是器官。也有可能，王志军只是一颗棋子，根本是有人故意激发了他的仇恨！

顿时，周天心中豁然开朗，奔出黑网吧大门，赶往天涯大学。一时间，他却把自己的手机忘在了 16 号电脑桌旁。

周天离开后，有一个人走进来，将他手机里的未接电话全部删除，然后也走了出去……

第十一章　新生化危机爆发

（1）

四天后就是月圆之夜，所有的人都会在那样的夜晚变异，成为异形人，然后倾巢而出。

谢天亮依旧没有研制出来特效药，他愁眉苦脸地和郑局汇报：“赶紧召集市里所有的生化学家，研究绿色液体药剂的解药吧！我已经无能为力了……”

郑局不想当年的灾难重演，所以他听取了谢天亮的建议，向市里领导反映了情况。天涯市为此成立了科研小组，汇集了市里和邻市的一线生化学者。一群人聚集在天涯市一家特别的实验室里，拼命配置破解药剂。

沈教授窝在私人医院的地下室里，他还在等待时间。

不久之后，他的计划就会全部实现。

沈教授想起自己当年偶然感染基因病毒的情形。他借助基因病毒活了许多年，确实越活越年轻。当年，他的身份是一个守陵人，所有的一切都成为他手中掌控的棋子。现在，没有任何人能证明他是幕后主谋，一切相关人员都已经死了……这些年来，一直压在沈教授心里的巨石终于落地了。

很快，沈教授的身体感觉不适，他先是一阵抽搐，倒在地上，痛苦地呻吟："李维嘉，快回来！"

生化专家们在密闭的实验室里研究绿色液体的成分，以及破解方式。

谢天亮身为警方人员提议道："各位，现在是迫在眉睫的关头，若不能破解绿色液体，天涯市的人都会感染变异病毒，乃至整个世界都会感染变异病毒！我提议，我们都到地下实验室去，只有远离人群，才能做到万无一失！"

专家们都很赞同谢天亮的说法，纷纷跟随谢天亮去了他说的地下实验室。

三幢二十多层的高楼设计成了帆状，像巨人一样矗立在市区中央，这是天涯市最好的私人医院。谢天亮带着一行人，浩浩荡荡地走了进去。

谢天亮带领他们到了地下室，他输入密码打开门后，对他们说道："你们先进去等我，我去取楼上取一些资料，马上来和你们会合。"

"好。"站在谢天亮身后的众人异口同声地答道。

谢天亮推开地下室的门，一群人走进去，他急忙把门关上。

众人回过神来，大声惊呼：“怎么回事儿？”里面的人拍打着门，愤怒地咆哮道，“放我们出去！”

谢天亮没理会这些声音，走进一间书房，移开书柜，另一间密室展露出来。

沈教授十分痛苦地倒在地上，看到进来的谢天亮，就如同看到了希望的曙光。

沈教授颤抖着举起手来，对谢天亮说道：“凉枫，你要救我啊，快……”

谢天亮看着沈教授，嘴角露出一丝冷笑，他蹲下来对沈教授说：“放心，我会替你完成你的霸业，你放心去吧！”

“你？！”沈教授的身体抽搐了一下，“你知道，它是一种奇特的东西，我也只了解基因病毒的一小部分性状特征，还有很多东西没能研究出来。你若是铤而走险，你自己也会受到牵连！”

“哈哈，我当然有十足的把握，也会把人类的DNA力量发展到顶峰，让所有人都对我俯首称臣！”谢天亮完全被这种物质所迷惑。

沈教授瞪着谢天亮，他已经失去新鲜的内脏物质太久，已经到支撑不住继续活下去的地步。没过多久，他在冰冷的地上失去了知觉，死在了谢天亮面前。

夜幕悄然降临，谢天亮背靠着冰冷的墙壁，手中夹着一根香烟升腾起雾。时间慢慢流失，烟都快燃尽了，他这才将烟头扔掉。这一刻，他不知等了多久。今天，他把全市和邻市的生化学家都关了起来。

谢天亮要开拓一个新纪元，他要成为新纪元的霸主。离危机爆发还有十分钟。谢天亮把手机关掉，看着窗外。

挂在天边的月牙渐渐变得圆润起来，属于他的新时代即将来临！

（2）

天涯市墓园。

几个异形人在墓园里跳动着，双眼如同红外线一样四下扫射，嘴里发出“嘶嘶”的怪叫声。

“怪物啊……怪物啊……快来人！”墓园里的老头儿连滚带爬地往外跑。

周天不知道给谢天亮打了多少个电话，但一直都处于关机状态。郑筱筠也十分着急，她不知道文琪的下落，她不想危机重演，更不想和周天生死离别。

月亮如同一轮银白色的花团悬挂在夜空上，此时的警局乱成了一团。

郑筱筠推开郑局办公室的门，只见郑局面无表情地坐在椅子上。郑筱筠在办公室的沙发上坐下，前方的玻璃窗留了一个缝隙，月光透过缝隙穿进来，月亮的轮廓已经完全展现出来。今年的月圆之夜真是诡异到了极点，她现在没有任何心情欣赏所谓的月圆，只能让人从心底深处感到阵阵寒意。

郑筱筠的眼神不定，委屈得都要哭了，她颤抖着问道：“郑局，我们该怎么办？”

郑局摇了摇头，当年的灾难，他不想再重演，却也毫无办法。

该来的还是会来，受害者都是在墓园附近的人。基因病毒就像瘟疫一般四下蔓延着，不知道什么时候就会轮到你身上。

周天急得如同热锅上的蚂蚁，谢天亮找不到，专家也不知所踪。

郑局起身，在窗前站了许久，地上满是烟头，他一直在思考究竟怎么办。既然第一套方案失败，那么必须启动第二套计划，全城戒备！原来，他早就提前做好了两手准备，没有告诉任何人，包括周天。

第一，假如谢天亮是内线，那就要第一时间抓捕他！第二，若不成功，唯有采取当年的方法，将损失降到最低。

从目前的情况来看，第二个办法有个绝对的优势：现在是夜晚，大部分人都在睡觉。感染的面积不会快速扩散，局面也容易控制。

同时，郑局一直在思考，谢天亮到底是不是内线？他想了想，最终还是没有追究，毕竟现在已经不重要了，重要的是如何控制住这场灾难。

周天直奔黑网吧。在网吧门口站着一个女人，穿着一身黑，脸上画着淡妆，直勾勾地盯着周天，一动不动，像是一个受了惊吓的疯子。

周天定睛一看，这个女人竟然是杨琳。

杨琳诡异地笑着，猖狂地笑着，失心疯般地笑着！

周天一脸不解，他慢慢靠近杨琳，只见杨琳两只手在空中乱舞，两只脚也移动了起来。周天还是第一次见到这么诡异的情景，刹那，他如同中了蛊一样，停止思考。

是的，停止思考！

杨琳不再狂笑，恢复正常，这时，又从网吧里传出高呼声，剩下的便是寂静如水。杨琳面无表情，缓缓抬起了手，在周天的脖子面前划了一下。周天被她的举动惊到了，他的喉结如同被一双无形的手扼住，根本透不过气来。

杨琳的手抖了一下，指着周天说道：“异形人，都会变的，都会变的……”

周天盯着面前的杨琳嘴角抽搐了一下，杨琳转过身来用一双无神的眼睛盯着他。杨琳双眼上翻，一双眼睛只剩下眼白，突然大声尖叫：“啊——救救我，救命啊！”

杨琳惊叫着逃开，周天本想跟上去，可一转眼，她就跑了个不知所踪……

（3）

周天进入黑网吧，看到了一个十分熟悉的人。

“连成，难道你就没有什么要对我说的吗？”周天走上去问道。

“你不想让大灾变发生的话，就不要干扰我！”赵连成一本正经地对着电脑在查着什么，“烟里有一种物质，它能破解神秘的绿色液体，我已经告诉你了。”

“究竟是什么东西？”周天上前问道。

赵连成把该说的都已经告诉了周天，把在网吧找到的资料拷贝到U盘里，然后和周天一同返回刑侦队。

在回警局的路上，赵连成把所有的事都告诉了周天，包括谢天亮是内线。

“虽然谢天亮表面上是警局里的法医，但实际上他跟李维嘉一样，也是沈教授的养子，他们俩都是被沈教授养大的，他俩都特有野心。李维嘉和私人屠宰场里的人勾结，而谢天亮一直在研究神秘的绿色液体，为了施行生化危机计划。”赵连成顿了一下，看了看一脸诧异地周天，然后继续说，“谢天亮、李维嘉、沈教授他们都是感染了基因病毒的家伙，都要借助血液和器官让自己活下来。为了能够存活下来，他们选择了不同的方法，用QQ骗网友、开多个QQ号、与网友聊天，逐步深入后约出来见面。每次都会在那间私人屠宰场前面的小公园里，先在网上交流好来人的装扮和性别，自然会有人去收货。每干掉一个人，屠宰场里的家伙都会获得一大笔钱，连同文建，也跟他们同流合污。这样，他们既解决了自己的温饱，也赚了很多的钱。”

周天听到这些肮脏的事情之后，心中一阵恶寒，原来一直和他并肩作战的兄弟，竟然就是他一直想要找的凶手！既然谢天亮是沈教授的养子，那么……

“糟了！”周天惊呼道，“所有的生化学家都和谢天亮在一起，难道说已经都遇害了？”

赵连成说道：“没想到他已经到了丧心病狂的地步！”

他俩火速回到警局，把事情的来龙去脉都和郑局说清楚了。

郑局十分淡定地对赵连成说：“你把你所知道的全部交代出来，

我现在就去联系生化学家。”

“可是，要去哪里找生化学家？”周天瞪大了眼睛问道，“所有的生化学家不都被谢天亮带走了吗？”

“哈哈，其实我很早就开始怀疑他了。”郑局坐下来说道，“说句实话，他太过于心急地让我联系西南市和本市的生化学家，不然也不会被我看出破绽。”

“姜还是老的辣啊！”周天这绝对不是拍马屁，而是从心底佩服。

郑局按照赵连成说的开始进行安排，而另一方面郑筱筠也相继展开行动。郑筱筠乔装成了老太太，再次潜入了私人屠宰场进行调查，竟然发现里面有人在！为了确保万无一失，她迅速给周天打了一通电话。

“周天，你火速赶到屠宰场！”她悄声地在电话里说道。

周天锁紧眉头，在这种关键时刻，郑筱筠怎么去了屠宰场？他一刻也不敢停留，马上开车奔去。

当周天赶到屠宰场时，一眼就看到了化装成老太太的郑筱筠，他走上去问道：“什么情况？你怎么无视纪律！我不是说不让你插手吗！”

“哎呀，别说那么多没用的，李维嘉在屠宰场！”郑筱筠说完，立刻钻入警车。

周天点头，拔出腰间的手枪，慢慢走入屠宰场，听见里头传出怪异的声音。他轻手轻脚地走到过道尽头转身，发现李维嘉手里握着刀，正在解剖……

“别动，举起手来！”周天手里握着枪，正对李维嘉。

李维嘉转过身，见情况不妙，握刀直朝周天的心脏刺去。

周天扣动扳机对准他的右手连射两枪，李维嘉倒地，刀落在远处。周天拿出手铐，把李维嘉和自己铐在了一起，然后用枪顶着他的脑袋，呵斥道：“说，沈教授有什么计划？你跟他是什么关系？他在什么地方？”

“我是沈教授的养子，这一点你们都调查清楚了吧？”李维嘉顿了顿，“沈教授现在就在他投资开的那家私人医院的地下室，房间左手边第二个白色木板，打开就能通往地下室。这会儿他应该死了，因为已经错过了提供器官的最佳时间！”

“死？”周天像触电一样跳起来，“你们有什么计划！李维嘉，只要你能配合我们，或许我还能留你一条命！”

“我会全力配合！”李维嘉完全没有反击的意思，把他知道的一股脑儿全都说了出来，“王志军只是我们计划中的一颗棋子，所有的事儿都是我养父沈教授暗中操作，他联合了私人屠宰场和金玉满堂。选择屠宰场是为了匿藏被害者，也是为了把你们的视线转移到文琪和王志军身上。文建与我养父合作多年，他的胃口越来越大，知道的事情越来越多，我养父借助徐美丽的力量，解决掉了文建，除去了我养父一心头大患。”

“手段果真高明！”周天一字一顿地问，“当年的危机，你知道吗？”

“当然知道！那时候沈教授还是墓园的守陵人，当年的生化危机是他一手策划的。”李维嘉笑着说道，“其实他是个日本后裔，他的真名叫川端秀介。”

“那么王志军说的月圆夜爆发生化危机，是什么意思？”周天追问。

“养父和我说过，要在天涯市和邻市同时引发生化危机！”突然，李维嘉的音色变了，不等周天问下一个问题，他便应声倒地，浑身僵直，死了！

周天长叹一声，看来他有可能是基因病毒发作了。郑筱筠吓坏了，周天解开手铐，将李维嘉的躯体搬上车，还顺势拿走了李维嘉裤子口袋里的手机，打算带回去给局里的信息鉴证科分析，想通过通话记录找到文琪的下落。

“筱筠，你找个地方藏着，剩下的事儿由我处理。”周天爱怜地看着郑筱筠道。

“不！我要跟你一起。”郑筱筠突然抱着周天，她心里有一种不祥的预感。

“好，无论怎样，我们都要一直在一起。”周天被郑筱筠的执着打动了。

周天见郑筱筠放松了警惕，轻轻将其打晕。他把车里的李维嘉拖出来，将郑筱筠放到车后座上，下车后把车门锁住。

周天很清楚，眼下最重要的是想办法阻止生化危机重演。他马上给郑局打了一通电话，请求一队人赶到李维嘉所说的那所私人医院，准备随时支援他。等周天开车赶到时，他安排了一个人把李维嘉的手机带回局里进行鉴证，又让两个人在外面把守，余下的人和他一起走入这所私人医院。

按照李维嘉说的地方，他一直走到走廊尽头，拉开左手边的铁门，扳开最左手边第二个白色柜子，一条暗道呈现在他们面前。

顺着暗道走进去，他们发现了躺在地上的沈教授。

一个同事走上去摸了摸沈教授的动脉，说道："死了。"

"周队，你听，好像有什么声音。"另外一个警员侧耳倾听着。

周天听见了细微的拍门声，他循声而去，发现声源是从墙的另一边传出。

"墙对面还有一间密室，快！赶快找机关！"周天转身说道。

大家纷纷寻找机关开关，这时一个同事不小心碰到了放在角落的一个盆栽，墙面竟然自动打开了！

"救救我们！救救我们啊！"这群假专家看到警察忙惊呼着，只可惜他们被关在了一个铁牢里。

"你们是被谢天亮关起来的人？"周天反问道。

"对，就是那个家伙！"一个戴着金丝边框的老光头走出来道。

突然，传出开门的声音，谢天亮从那群人的右侧走出来，还拍手鼓掌。谢天亮冷笑着说道："周队长，干得漂亮啊！你竟然能找到这里来，佩服！不过，现在什么都晚了，你看铁窗外那一轮圆润的月亮，它标志着我的新纪元即将来临，我会是这个新世界的霸主！"

"呸！你做梦，你面前的人根本就不是什么生化学家，他们是郑局请来演戏的。其实，我们早就怀疑你是内线了。第一次在案发现场发现基因病毒的时候，你偷偷匿藏了一小瓶，我也看见了，只是我没说而已！我以为你是要回去做研究！还有，你把东西给沈教授的时候，他故意露出惊讶的表情，并把你我赶走。你只不过是和他串通好，在我面前演了一场好戏而已。你以为我傻啊？”周天冷冷地哼着，“告诉你，不要把自己想得太过聪明！”

“你还挺聪明。”谢天亮嘴角抽搐着笑了笑，“不过都晚了！”

“你的新纪元不可能来临了！”周天十分确定，“赵连成已经给我们提供了药剂配方，你已经走投无路了！”

“他？既然这样，我也要你们跟我一起下地狱！”说罢，谢天亮几乎是在一瞬间就变成了异形人，露出锋利的獠牙，对准身旁的人就冲了过去。

周天举枪就打中了谢天亮的头部，谢天亮一个踉跄，血红的眼睛瞪着周天。

周天大喝一声：“就是现在！”所有警员对准谢天亮一阵扫射，子弹打在谢天亮的头上、身上、腿上，散发出一阵阵恶心的臭味儿，却也只是阻挡谢天亮前进的步伐，并不见其倒下。

周天见状不妙，赶忙下令：“你们快把人救出去，剩下的人跟着我灭了这畜生！”

这个连子弹都不怕的家伙，怎么才能彻底消灭呢？周天突然想到，郑局曾经跟他提过，最初对付异形人的法宝就是硫酸，可是，这节骨眼儿哪有硫酸？周天扫了一眼屋里，这不就是实验室吗！肯定会有硫酸！

“你们几个，在屋里找硫酸，越多越好！我来掩护你们！”周天向同伴喊道。

说着，几个警员纷纷从房间里找出试管、烧瓶、装有酸的容器，一股脑儿朝谢天亮扔去。谢天亮身上被洒了硫酸，发出“嗤嗤嗤”的声音。顿时，屋里便弥漫着恶心的味道，打在它身上不痛不痒的子弹，现在竟然也被硫酸完全溶解了！

谢天亮很快就支撑不住了，“砰”的一声倒在地上，身体化作一摊黑绿色液体……

周天看着昔日的好搭档谢天亮的“残骸”，心中充满了悲痛。

(4)

在众多专家的努力之下，药剂很快便成功研制出来，并且通过 3 架直升机，在空中四下撒播，这场生化危机终于被制止了。只可惜，赵连成在提供完相关资料后就失踪了，周天连一句“谢谢”都没来得及说。

周天把车开回警局，郑筱筠也醒了过来，她看着眼前的周天，红着眼说道：“我以为再也见不到你了！”

“危机已经过去了，考虑一下，什么时候结婚？”周天抚摩着郑筱筠的秀发。

“才不要！”郑筱筠噘着嘴娇嗔道。

两个人的谈话恰好被站在车外面的郑局听到，他清了清嗓子说道：“定案后，给你俩放长假，去结婚吧！”

“你看，领导都批了！”周天一把把郑筱筠揽入怀中，郑局识相地离开此地，不当二人的电灯泡。

（5）

在所有人的努力下，案子总算圆满结束了，成功阻止了这场生化危机。不过，周天还是无法从记忆中抹去那骇人的情景。

川端父子得到了应有的惩罚，谢天亮和沈教授联手策划了生化危机，而谢天亮实际上和沈教授并非是师徒关系，也不是养父和养子，他才是沈教授名副其实的亲生儿子，日本名为川端凉枫。

谢天亮进入警队，就是为了混淆视听，而他将那只变异小白鼠放到太平间里，也是计划中的一部分，目的就是扩散病毒。川端父子试图掀起生化危机，便跟文建合伙，干起了倒卖人体器官，利用活人做生化实验的勾当。王志军的父亲就是当年的实验品之一。

然而川端父子精心策划的“生化危机”并没有像当年那样上演，而是被周天一行人成功瓦解了。

周天因破案有功，升级不说，也抱得美人归。

从李维嘉的手机通话记录里，鉴证科的技术人员果真查到了文琪被困的地点，随后便带人将其解救。

文琪再次回到王志军的家里。

昔日的一切仿佛就在眼前，那一帧帧美好的时光不断从脑子里浮现。这一切，都在她的脑海里挥之不去。

文琪坐在王志军的床头，手里紧紧攥着一封信，那是文琪前几天刚刚收到的来自王志军的信。这封信经过多次转寄，才到文琪的手上。灰色的信封上面写着："文琪，这是我留给你最后的秘密。"

文琪慢慢拆开信封，信纸上写满了王志军的正楷字。

琪琪：

请你原谅我的自私。当我知道是你父亲害了我父亲时，你知道我的心有多痛吗？我最爱的女孩子的父亲，竟然是我最大的仇人！世上最残忍的事，莫过于此。

我用"一土"给你发了一份所谓的"规则"邮件，都是源于一部叫"七宗罪"的悬疑电影。我借机发挥，制订了刻在灵魂上的罪。可实际上，这世上根本不存在什么刻在灵魂上的罪啊！而我的灵魂上也被刻上了"傲慢"这一宗原罪，我太过自信以为自己能凭一己之力解决所有问题。

其实，我这么做还有另外一个目的。对于酷爱写悬疑小说的你来说，亲身经历过如此恐怖的悬疑事件后，一定能写出更好的悬疑故事吧？既然这样，不如让我的所作所为，成为你写作上的素材吧。或许这样，我才能和你永不分割……

此刻，你一定觉得我有点儿傻，可是，为了你这一切都是值得的，我甘愿为你犯傻！

我想，当你看到这最后一份礼物时，我已经永远地离开你了。

没有我的日子里，你要学会好好照顾自己，别总是熬夜写稿子，要按时吃饭和休息。

我希望你找到一个比我更爱你的人，让他代替我的位置，替我加倍爱你。

请你原谅我，此生最爱的女孩。

王志军绝笔

文琪已经记不清是第几次看这封信了，但是她的脸上依然挂满了泪痕。

此时文琪才明白，王志军爱她，爱到不顾一切。文琪觉得自己的灵魂上真的刻上了一宗罪，她就是一个傻子，不折不扣的傻子！

文琪从王志军的家离开后，号啕大哭。对于她来说，这里的一切都结束了，这个城市没有了王志军，她再也没有任何留恋的地方。回到家之后，文琪收拾了一些简单的行李，拿上房产证和文建的银行卡，去了银行和房产公司，是该结束所有的一切了。

文琪背着简单的行囊，步入火车站。

从此，再也没有人在天涯市见过她。

尾　声

写给你们的后记

一、创作动机

这是我的第三本悬疑长篇，花了三个多月才写完。说实话，我几度纠结于文中的人物安排。对于我来说，写作是一件很开心的事，设置故事情节，安排小说中各个人物的命运，更是一件相当过瘾的事。写这本书的时候，也是如此。对于我来说，任何东西都有存在的价值。悬疑不仅仅是惊悚，里面包含了人性还有欲望，比任何东西都能反映人性的阴暗面。当今社会有多少人为了金钱而不择手段，就算是做一些苟且之事，动机则是为了获取大量金钱。

对于我来说，写这部寒暖交织的悬疑小说就像是一场追逐光明的旅行，必须经历黑暗的隧道、荒芜的沙漠、猛烈的暴雨，才能仰望到天空的太阳。皮肤里开始渗透着深入骨髓的疼痛，曾经的旅行是劫难的起点亦是终点，用温暖终结了所有人的命运。那些辗转过的光离流年，也已成为笔触里的一抹红。

或许是因为我写的东西过于惊悚，所以总是在不自觉的悬念惊悚中走失，又与异样的情感笔触狭路相逢。友情、爱情、亲情，被放置于一个动荡不安的黑色容器里，在各自的秘密里横冲直撞地寻找着出路。情节不再被文字所掌控，而是在情感里写写停停，最后用上一个理所当然的句号。

或许这是一种粗陋的写作习惯，因为我只能被潜意识里的欲望所牵制，就连自己都不知道将以怎样的方式结尾。所以，每当在网络上连载小说，总有朋友问我最后的结局是什么时候时，我都一片茫然地说：“我都还没有写完，我也不知道结局。”这样的写作方式常常不被人理解，我却觉得用这样的方式创作悬疑小说，似乎有一种更出人意料的感觉。

对于我来说，小说的创作是一场具有灵魂的探索。因此，我常常戴上不同角色的面具，潜入文字经历不同的人生，寻找未知的结尾，譬如眼前的这本，自然也是如此。

一本书里当然最无法或缺的是沉默的爱情，王志军是一个十分柔情的男孩，王碧华因为仇恨步入深渊。我最喜欢的人物是王志军，或许是因为那份痴情更让人心痛吧。其实，最初的想法是希望创作普通悬疑。可没多久，却发现用悬疑的笔法带动情节，会让一部小说更具有灵性。

悬念是一切情感的钥匙，以爱情的名义，把所有的故事引领到巨大的恐惧旋涡，关于过去的秘密逐渐浮现出来。其实，这是一种非常普遍的写法。每个人都会因为曾经的错误，而在心里埋植顽固的阴影。恐惧来源于内心的不安，这似乎已经成为整部小说试图表达的意思，而我想要表达的东西应该是一种人性的力量。总括所有的故事，源头只不过是几个人或上一辈人之间的恩怨。而最终的罪人，只是被悲伤扭曲了，成为邪恶的终结者。

在悬疑小说的写作上，我是一个不够纯粹的人，总想在黑暗中去寻找一些光点。希望中的光明便是全文贯穿始终的温暖，让读者可以摆脱一味的恐惧惊悚，从而想到与爱情有关的美好。

所以，自始至终，我们都是沉睡在光明的温暖里，度过了一段光离流年。

其实，只要一个人没有心魔，再大的动静也不会撩起恐惧。

在恐惧的时候，还有光明陪伴左右，这是一场没有谁对谁错的爱。

二、关于作品

每部小说的开头，是最难写的地方。我修改了无数次开头，耗尽了我的耐心。

但我仍然感谢为我写书评的诸多前辈，发自内心地感谢他们的支持。

在这部小说里，我最想表达的其实是亲情。而友情与爱情则是一条明线，但潜伏在其中，左右着这些人物的命运，仍然是我们一辈子至为重要也不能磨灭的亲情。

上一代人的恩怨情仇，像一张蜘蛛网。那一些明显的计划与偶然，其实只是一堆核反应堆。一旦聚集在一起，就会马上把你炸到面目全非。邪念深藏在每个人心底，除了感动还有怨恨，那些如同清澈的小水滴般一点一点积累起来的怨恨，便汇成了所有的误会。一切都被时光轻轻划过，与上一辈的恩怨挂钩，那些隐藏在时光里的真相，便是唤作怨恨的东西。而对于我来说，世界上没有化解不了的仇恨，任何仇恨都会随着时间的洪流而渐渐变淡。然后，从你的生命里流出去，更多的是心灵上的慰藉，而我们的一生，不可能只活在仇恨中，不是吗？

父母给予我们生命，也不仅仅是亲情。

父母亦是我们最好的朋友。

也许你会抱怨你的父母，可你要记住，父母是陪你相守一生的人。

我希望你能记住，不要随意对自己的父母发火，他们只是过于爱你。

三、写给你们

这本书，写给自己，写给你们，同时也写给我远去的年华。

想感谢很多人，谢谢当初激励我写作的老郭，感谢他对我的提醒。当然，还要感谢我家大人木子玲。当这本书快要完稿时，我十分纠结该怎样安排一个合理的结局。苦思了一个月后，我觉得还是应该以喜剧收尾。毕竟，我是个乐观主义者，任何东西都倾向于完美。当然，这个世界上没有绝对的完美存在。

再次感谢诸多前辈的书评，它们最让我感动。这是前辈们，对我这个后辈的一种支持和鼓励。谢谢你们，无论你们喜不喜欢我的文字，都要感谢你们的阅读。

王文杰